新機動戰記鋼彈W 冰結的淚滴

NEW MOBILE REPORT GUNDAM W Frozen Teardr

隅沢克之

10 邂逅的協奏曲（上）

Kadokawa Fantastic Novels

封面插畫╱あさぎ桜、KATOKI HAJIME
插畫╱あさぎ桜、MORUGA
日版裝訂╱KATOKI HAJIME

忘卻的不協調音

MC-0022 NEXT WINTER

白雪公主‧駕駛艙

「ZERO系統」內部記憶體留存的
「希洛‧唯」的聲音紀錄檔案

打從出生起，我一直都是迷途之子。

我什麼也沒有。

宇宙奪走了我的一切。

不管是雙親還是玩具里歐。

而現在，我誰都不是。

我第一次殺的男人是生意上的對手，是個恐怖分子。

羅姆斐拉財團的年輕指導者——凡恩．克修里納達與他母親，被那個男人以炸彈暗殺了。

我明明可能在他下殺手之前阻止他。

但是卻沒辦到。

因為我的內心太過軟弱。

由於我的遲疑，害死了那對母子。

「不管是誰，第一次都會這樣……從第二次開始才會慢慢感到輕鬆。」

亞汀．羅是這麼說的。

自那時起，我究竟一路奪走了多少人的生命？

雖然變得習慣了，卻沒有變得輕鬆。

在對自己內心的軟弱有所自覺的情況下，想克服「殺人之罪」，就必須做好

「刻意的覺悟」。

以自由狙擊手為業的亞汀・羅，我跟著這個男人走訪了各式各樣的殖民衛星。

生存技術全都是亞汀傳授。

他也教我要順著情感而活。

亞汀死了，被J博士收留之後，我的心也從未安寧過。

害死無辜的少女和小狗，也是我的判斷失誤造成的後果。

以「希洛・唯」這個代號自稱，成為鋼彈駕駛員降落地球之後，也不斷反覆著淒慘的任務。

無數次地受騙，無數次地遭受背叛。

越是想活得像自己，就會有人變得不幸。

直到遇見莉莉娜・德利安之前，我從未活得像自己。

生命是廉價的，特別是我的……
但我卻只能活於這種生活方式。

戰爭奪走了許多的生命。
對此，人類從不曾忘記過悲傷，卻絕不放棄戰爭。
流淌的血與淚，只不過是儀式的裝飾。
在歷史上，唯有戰爭才能描述時代的分水嶺。
為了和平而戰之類已然遜色的漂亮話，是過去被高唱了無數次的錯誤名句。

戰爭熾烈燃燒到最高點。不知何時，我已決心以守護莉莉娜為「任務」。
那成了我繼續活著的理由。
找到應當守護的存在，我的戰鬥態度裡才首次不再有所遲疑。
我看不起連此都辦不到的人。
我討厭軟弱的人。

那些人總是深怕自己遭受攻擊而不斷畏懼，老是在意周圍的視線。

無法信賴任何人，想說的話一句也說不出口。我無法原諒那樣的傢伙。

米利亞爾特・匹斯克拉福特曾說：「是強者迫使他們成為那樣。」

但他錯了。

強者並不存在於世上。

所有的人類都是弱者。

毫無疑問地，我既是弱者，也是敗者。

這個時代的戰爭，沒有人是勝利者。

我是在清楚理解這件事之下，抱定覺悟要繼續活在這個時代。

ＡＣ１９６年，瑪莉梅亞・克修里納達引發的對地球圈統一國家的叛亂，邀請短暫的和平進入了「永不休止的舞會」。

——以為只要丟掉武器、封印士兵就能和平，這種想法是錯的。

同為鋼彈駕駛員的張五飛如是說。

的確，建立在犧牲上的和平無法稱之為正確。
雖然沒有錯，但我們早已犧牲了無數的人類。
總有一天，時代將不再需要像我們這樣的士兵。
和平不是由誰所賜予。
人們由害怕戰爭的弱者，轉變為祈望和平的強者之日終將到來。
配得上自由與和平，「成長後的人類」將會現身於這個世界。
我相信這一點，所以才繼續戰鬥。

ＡＣ１９７年初，莉莉娜決意參選地球圈統一國家的次任總統選舉。
我對她提出忠告。
「如果不是以匹斯克拉福特，而是以德利安之名挺身就可以。」
匹斯克拉福特對莉莉娜而言，只會是個沉重的十字架。
莉莉娜若想以自身的意志行動，就必須繼續當德利安。
若就此不再發生任何事，莉莉娜所祈望的和平世界的理想或許就會實現。

當年的4月7日。

理想在現實之前，只不過是夢幻。

迪茲奴夫．諾恩海姆和自稱「次代政府」的恐怖分子們挾持了兩百名人質，占領了山克王城。

加入預防者的五飛，集合了過去的鋼彈駕駛員。

我們在兩天後的4月9日發起了行動。

成功擊退了迪茲奴夫。

可是卻讓莉莉娜受了重傷，並讓設置在山克王城的核炸彈的定時裝置啟動了。

更得知了若是解除那個定時裝置，針對醫療奈米機械起反應的強制服從系統「完全和平程序」就會啟動。

全都是我的失誤。

要解除密碼，只有匹斯克拉福特的人才辦得到。

既然米利亞爾特不在此地，就只剩莉莉娜能辦到了。

莉莉娜解除了密碼。

這個行為是從核爆下拯救被留在山克王國灣的我的唯一方法，但同時也代表莉莉娜將會變回匹斯克拉福特。

為了讓莉莉娜打消念頭，我說道：

「生命是廉價的，特別是我的……」

但莉莉娜沒有接受。

「你並沒有全力為自己的人生活過。你要繼續活下去……」她如此表示。還這麼說道：「有一天，請一定要為我展現你靈魂最閃耀的一刻。」

我反問她：「妳說的……是任務嗎？」

莉莉娜回說：「是我的願望。」

然後無線通話就被切斷，之後的詳情我就不得而知了。

AC197年4月9日，就在苦惱當中結束了。

同時，「完全和平程序」啟動了。

那個一旦啟動，無數的人類將遭到殺戮。

在莉莉娜本人下令「SET」，或者在非她期望下迎接死亡之時，就會引發那樣的悲劇。

據說幾天之後，當莉莉娜・匹斯克拉福特要進入被稱為「星星王子」的冷凍冬眠艙時，她一次也沒有回頭。

或許她的淚水早已冰結。

在冬眠艙之前，我望著彷彿時間靜止的莉莉娜的臉。

我又沒能守護她了。

原本我打算就這麼背負著後悔與自責，守護莉莉娜直到老死。

認為那樣也無所謂。

只要那個莉莉娜能維持著她的閃耀，受到保存，對我而言就足夠了。

就算是在漫長的沉默當中，對於寡言的我，莉莉娜無疑也是最適合的談話對象。

而我將無法讓靈魂發出耀眼的光芒。

過了一陣子，J博士將我找去，並向我展示剛完成的冬眠艙二號機「林中睡美人」。

J博士問我：

「你有沒有自信再出一次任務？」

我沒有點頭。

「你有三條選擇。一是『必然』，一是『偶然』，最後是『兩種都不選』。」

「那是指未來，還是命運？」

J博士揚起嘴角回答：

「……兩者都是……」

我選擇了「偶然」。

睡美人隨時都可以醒來。

總有一天，當莉莉娜的時間開始運轉，當她覺得需要我的時候，我的時間也會再次轉動。我是這麼想的。

在那之後過了幾年與我無關。

我甚至不清楚是否有作夢。

看來腦中不會像正常睡眠那樣發生電流爆炸。

在我沉睡的期間，世界似乎勉強維持住了和平。

然而那樣的和平僅限於地球圈，在這顆火星上，名為「歷史」的齒輪正即將失控。

我在火星曆0022年的「晚冬」醒來。

地點是預防者火星分部的北極冠基地。

圍繞著我的有五飛、迪歐．麥斯威爾，還有怯懦的劣化莎莉，以及迪歐他那似乎背負得過多，作為戰士變得半吊子的不成材兒子。

「火星改造計畫」看來姑且是成功了。

但是火星上卻分成了兩股勢力，陷入戰爭。

火星南北戰爭——以拉納格林共和國為代表的火星南部聯合國，與莉莉娜・匹斯克拉福特為第二任總統的北部火星聯邦政府正在交戰。

莉莉娜的願望是由我結束她的生命。聽說殺了她，就能夠以最小的犧牲終結這場戰爭。

那個作戰名稱為「神話作戰」。

當上預防者火星分部長的五飛，給了我「暗殺火星聯邦第二任總統的任務」。

莉莉娜在半年前甦醒，且果然變回了匹斯克拉福特。

我答應了任務。

「我會殺了莉莉娜・匹斯克拉福特。」

能讓莉莉娜變回德利安的人，只有我了。

她也是如此期望。

可是輸進我腦中的記憶卻產生了「認知上的不協調」而自相矛盾。

持續與之戰鬥，或許才是真正的任務也說不定。

甦醒後的當天，我便駕駛這架「白雪公主（Snow White）」與迪歐那不成材的兒子一同出擊。

為了追擊叛徒。

與卡特爾・拉巴伯・溫拿年紀相差懸殊的妹妹卡特莉奴背叛預防者，加入了火星聯邦政府。

她以被稱為「家人（馬格亞那克）」的ＭＤ迎擊我和迪歐的兒子。

駕駛「魔法師（Warlock）」的那傢伙雖然被說不成材，但是個優秀的男人。

要把ＭＤ全都交給他對付也可以，不過特洛瓦・巴頓帶來的「無名氏」也相當能幹。

「無名氏」撬開卡特莉奴操控的「拉席得」，闖進裡頭。

但是卡特莉奴卻從裡頭逃脫，和從火星聯邦前來接她，名為娜伊娜與米爾的匹斯克拉福特家的雙胞胎一同逃離了。

我預測得太天真了。

我們的行動被拉納格林共和國的「傑克斯・馬吉斯」掌握到。

「白雪公主」和「魔法師」都成了鎖定目標。

我知道這個「傑克斯」是立體影像。

恐怕在那個「ＥＶＥ　ＷＡＲＳ」時，我跟莉莉娜一起在戰艦「天秤座」看到的東西一樣。

與那個「傑克斯」搭乘的「次代鋼彈」，以及伴隨的三架機體「比爾哥Ⅳ」交手的，是五飛操縱的「哪吒（白色次代）」。

總覺得彷彿聽見了〈女武神的騎行〉樂曲。

五飛發動「哪吒」的「ＺＥＲＯ系統」的同時，我也啟動了白雪公主的「ＺＥＲＯ系統」。

「ＺＥＲＯ」之間一旦同步，輸進腦裡的資訊量倍增，幾乎不可能進行通訊。

迪歐與劣化莎莉為了告知狀況，委託「無名氏」傳話。

為了讓比爾哥Ⅳ的星球守衛的電磁力場無效化，我從座標０２ＰＸ・７８ＤＹ伏地狙擊。

接連射穿不成材的「魔法師」丟出的三發預備彈匣。

比爾哥Ⅳ由五飛擊墜。

只剩下傑克斯的「次代鋼彈」了。

但此時火星聯邦的空戰師團卻將無人飛行型Mars Suit大量投入戰場。

聯邦軍的高層似乎失去理性了。

打從一開始，我就明白這不是莉莉娜的意思。

就算是輕量型空戰用ＭＤ，若為數將近五百架，也足夠成為威脅。

巨型步槍的殘彈量已為零。

只能靠光劍斬殺靠近的敵機了。

就在這時，從預防者的北極冠基地傳來通訊。

螢幕上照出了莉莉娜。

「希洛……希洛，請回答我！」

是久違的莉莉娜的聲音。

我一面戰鬥一面回應通訊。

一聽我回答「什麼事」，莉莉娜溼著眼眶說：

「……我好想你，希洛……」

雖然聽不清楚，但我明白了她流下的眼淚代表的意義。

「希洛……快點來殺我吧。」

我回答她說：「這項任務我已經接下。」

也告訴她說，只要這場戰鬥結束，就會馬上去執行。

但我還有另一件事必須告訴她。

就算被我殺掉，能變得輕鬆的也只有妳自己。

留下來的人們大概不會結束戰爭。

因此莉莉娜必須自力克服被輸入腦中的記憶裡殘留的「認知上的不協調」。

「莉莉娜……妳還沒有完成妳的戰鬥。」

說完這些話，我切掉了通訊。

在Mars Suit減少到一半，只剩兩百五十架時，自稱「昔蘭尼之風」的傑克斯·馬吉斯駕著「天堂托爾吉斯」出現了。

從與火星聯邦軍的空戰師團的戰鬥解脫，我和不成材在潛水航母「修富克2」

與特洛瓦及卡特爾匯合。

特洛瓦和卡特爾完全變了個模樣。

卡特爾變得毫無迷惘而冷酷，特洛瓦則拿下了冰冷的面具，成了毫不掩飾溫柔的男人。

我身後的不成材一直叫個不停，吵死人了。

為了確認特洛瓦的本質，我叫他制止不成材發出噪音。

若是以前的特洛瓦，肯定會說「自己辦」。

做出行動的，是記得名叫凱瑟琳的女人。

那個女人揍飛了不成材之後，賞了我的後頸一記手刀。

之後我便暈厥了。

事後回想，或許我也掉以輕心了吧。

大概是疲勞到達了極限。

再次恢復意識時，我置身在醫療艙裡。

然後得知「修富克2」進入了自爆程序。

我馬上掌握了狀況。

這艘潛水航母似乎遭到匹斯克拉福特的雙胞胎駭入而被擒了。

我抓住過分溫柔的特洛瓦的手說：

「住手……不要再抵抗了。」

「意思是，就這樣交到他們手上？」

「沒問題……就接受逮捕，到莉莉娜所在的埃律西昂島。」

我這麼說完，凱瑟琳便再一次向我確認任務。

在這個時代、這個地方，我的任務都只有一個。

一再被確認，使人相當困擾。

我會殺了莉莉娜．匹斯克拉福特。

非殺了她不可。

但此時，我的內心卻響起矛盾的不協調音。

我能親手殺掉我唯一該守護的存在嗎？

莉莉娜所希望見到的，我的靈魂的光輝，真的可以不用讓她看見嗎？

幾個小時之後，我們被帶到了埃律西昂島上的莉莉娜市。

與莉莉娜在那裡重逢，但是她還沒有看過「匹斯克拉福特檔案」。

要是她看過了那個才下定決心結束自己的戰鬥，我就幫她變回德利安。

莉莉娜看完檔案，摘下了虛擬眼鏡。

在那蒼藍的眼瞳中，寄宿了抱定決心的光芒。

「還希望我殺了妳嗎？」

「不，希洛……我明白了，那不該是『現在』。」

匹斯克拉福特家的雙胞胎此時衝了進來。

自稱「昔蘭尼之風」的傑克斯傳來聯絡，說拉納格林共和國的移動要塞「巴別」攻入了伊希地平原。

傑克斯僅憑一架「天堂托爾吉斯」對要塞巴別發動了攻擊，然後以瀕死的狀態歸來。

我對著醫療設施裡昏迷狀態的傑克斯說話。

「……我要出擊了……」

為什麼這個男人還在戰鬥？

我自認為對他有相當程度的理解。

我和傑克斯都一樣，唯有戰場才是棲身之處。

我要破壞移動要塞「巴別」。

乘進「白雪公主」的駕駛艙，我飛往伊希地平原上空。

火星的夜晚在哭泣。

我在暗夜中疾馳。

我還能夠繼續偽裝自己的心嗎？

如今，我依然一無所有。

但我自認還沒有失去希望。

莉莉娜和人類應該都已經察覺到了。

自己絕非無能為力這件事——

「希洛・唯」在聲音紀錄檔案裡留下的記憶到此為止。

如今的他，已經從被稱作「認知上的不協調」的記憶矛盾中解脫。

因為「希洛・唯」過去的記憶本身已被重置。

邂逅的協奏曲

ＢＡＢＥＬ——

希伯來語意即「攪亂：混亂」。

為何拉納格林共和國將這座移動要塞命名為「巴別」？

高聳入雲霄的巨塔，在舊約聖經的創世紀中被稱為「巴別」。

由於塔羅牌的大阿爾克納第十六張牌給人的強烈印象，讓人以為是遭破壞之物，不過在舊約聖經中，並未記述其被發怒的神所破壞。

只說了被中止建造而已。

根據上一個時代的解釋——

極盡繁榮的人類欲接近全知全能的神而建了「塔」，神被人類的傲慢給激怒，於是便讓至今只有一種語言的人類產生混亂，並在塔建到一半時將他們打散到世界各地。

——據說是這樣。

進入宇宙時代之後，宗教的觀念對人類來說逐漸式微，變得開始以自然科學方面的合理主義為思考的基本主軸，於是這項解釋也大幅變貌。

那是由於人類對「高度」的感覺出現了變化。

火箭或軌道電梯飛越了地球大氣層，進入在拉格朗日點和火星建造居住空間的時代。既然神並未向這些行為降怒，「對於傲慢人類的處罰」此一論點便令人質疑，人們開始思考更為一般的解釋。

具代表性的一例，就是「這個插曲是否在暗示人類對於災害的應對」。

遭受被稱為「諾亞大洪水」的自然災害，搭上「方舟」才勉強存活的「諾亞的子孫」們，為了後世就算再次遭受大洪水也能有備無患，才考慮建造「巨塔」。

是個不被水淹沒，不被急流沖走，高度讓洪水水位也抵達不了的避難所。

要是像過去那樣搭乘方舟，不曉得他們下次將會被沖到哪裡去。

若想留在難得辛苦建造而成的都市，就只有這個方法。

這種強迫症般的心理，就像在受核武支配的冷戰時代，重要據點的地底下接二連三建造起避難防空洞一樣。

他們祖先的方舟抵達的地點亞拉拉特山，標高是五千一百六十五公尺。

有一說是他們漂流抵達到了山腰的位置，但不管怎樣，都需要一座超巨大高層人工建築物，來抵抗反常上升的海面。

若要說這是「對神的挑戰」也未嘗是錯誤，但比起「想接近神」這種荒誕無稽的動機，這個解釋更能引人同感。

但是那個計畫卻觸礁了。

為什麼？

根據這個解釋，可以用自然的法則針對「混亂及擴散」加以說明。

自然界有一定的循環。

擴散與集合的反覆，可以套用到所有的現象。

宇宙持續拓展，基因ＤＮＡ的複製與分配所代表的細胞周期也同樣持續反覆著分裂。

人類打從以雙腳立於大地的時刻起，就擁有擴大行動範圍，讓自己的種子能在未來永遠留存的本能欲求。

因此細分為多樣化是可能發生的事，這一點沒什麼問題。反而是對權力者強制進行人為統一或均一化感到厭惡，重視個體的確立。

諾亞的子孫們不是因為失去「統一的語言」而四散。他們是因為對於至今相信的「主義」或「教義」心生疑問，才以自身的意志選擇了名為擴散的行動。

將這種情況換個說法解釋——因為他們察覺到「無論再怎麼等，下一次的大洪水都不會再來」的「現實」——這樣或許較容易理解。

神的意志或天罰之類的宗教意味已變得相當薄弱。

支配階級為了實行統一的教義般言論，語尾經常都是「非得～不可」或是「必須～才行」，具有強制力且排他的用語。

這樣子的統一社會，容易陷入在內政上，國民的不滿會逐漸累積；外交上過分厭惡周邊他國干涉的性質。

當然，支配階級不可能好幾個世代都持續這樣的體制。

特別是藉由「主義」或「教義」支配的社會體制，必定會產生破綻。

人類的歷史證明了這一點。

「古代中國」受到儒教這種絕對「教義」的支配，擁有強大的權力，但最後終究也沒有完成萬里長城，人類最長的建築物也步上了瓦解一途。

以名為社會主義的新思想，將地球北半球的半數納入支配而建立的絕大國家「蘇維埃聯邦」，僅僅不到七十年的歷史便瓦解。

以近代——ＡＣ時代的支配體制來談，「地球圈統一聯合」高唱「正義與和平」，以維持治安的名義，在六十二年之間持續進行武力鎮壓，結果出現了各種反抗勢力而自取滅亡。

現代的「地球圈統一國家」也同樣訴求和平主義，但還只維持了二十多年，其價值由人類漫長的歷史來看，還只不過是眨眼般的程度，尚不值得予以評價。

拉納格林共和國的「巴別」是相對於火星聯邦政府的反襯，也是反主流文化。從統一中解放。

始於解放的混亂及擴散。

自由帶來的繁榮與隆盛。

這就是名為「巴別」的象徵性語言。

過去以非武裝歌頌和平的拉納格林，由於恐怖分子卑劣的破壞工作，使得中央的巨大海上都市遭到毀滅。

如果這座海上都市有武裝的話，就能夠迎擊墜落的偵查衛星，也不至於造成超過數萬的犧牲者。

此事造成了反彈，於是拉納格林共和國有了獨自的軍備及武裝組織。

而得知了恐怖分子身後有火星聯邦軍將官的影子，傑克斯·馬吉斯上級特校對聯邦的腐敗深感憎憤，在向國民說明之後，宣布自火星聯邦政府獨立並開戰。

起初僅只是拉納格林一國的獨立戰爭。

求。

傑克斯特校的打算根本不可能是為了擴展領土或提升國民地位等充滿野心的要求。

可是成為火星聯邦政府第二任總統的莉莉娜．匹斯克拉福特，偏偏高唱「完全和平主義」的非武裝、非暴力「教義」。

彷彿忘了正處於交戰狀態，高喊著和平。

傑克斯特校反而採取了好戰的行動，開始侵略鄰近各國。

或許是想要昭告脆弱的和平主義是多麼危險的東西吧。

傑克斯特校率領的共和國軍，面對以奪回為目標的聯邦軍持續百戰百勝，勢如破竹。

各個鄰國在被征服的同時得到解放。

終於能自聯邦脫離的各國接二連三表態獨立，與拉納格林共和國締結對等的同盟關係。

不消多久，就誕生了以「打倒聯邦」為口號的南部聯合。

進而，贊同聯合同盟的國家逐漸增加，僅僅幾週便成長成了與北部聯邦政府相抗衡的勢力。

現在自稱為「火星南部聯合國」。

屬於南部的「火星開發企業集團」，原本就對聯邦政府獨占與地球圈的經濟流通十分不滿。

從地球圈贏得自治權的火星聯邦政府，既然更進一步標榜獨立，或許經濟上不得不採取封閉政策吧。

但是，對於移民們勞動的認可限制或進出口的關稅設定等特權，依然是由聯邦的中央政府掌握。

至今已有無數次訴求政治改革和經濟開放的呼聲，但都被聯邦軍以武力給抹消了。

因此傑克斯上級特校的起義，正是南部渴望已久的「邁向自由的戰鬥」。

再加上莉莉娜·匹斯克拉福特總統獨善其身的「完全和平主義」，弱化了火星聯邦政府。

加速了通往自由的解放運動。

居住在火星的多數「火星人」都不相信莉莉娜的主張。她所發表的言論，令人覺得既不自在又無趣。

傑克斯上級特校在移動要塞「巴別」出擊之際發表了演說。

他站在「次代鋼彈」前，對著送行的國民們熱烈訴說：

「『巴別』和『鋼彈』是象徵反抗意志的象徵性名稱。這場戰爭，將要廢除無意義的教條和錯誤的和平主義，為我們所愛的、混沌的火星大地奪回自由。所有國民都應當脫離屈辱的支配！相信吧，我們的勝利無庸置疑！」

總共十二輛搬送要塞的巨大履帶式裝軌車緩緩駛動。

民眾們對前進敵陣的「巴別」，獻上了熱烈的聲援。

傑克斯檔案序（上篇）

MC-0022 NEXT WINTER

——伊希地灣　洋上——

我的名字是凱西·鮑。

是隸屬地球圈統一國家預防者的火星分部的准校。

那天夜裡，張老師駕著「白色次代鋼彈」出擊之後，我和麥斯威爾神父就搭乘小型氣墊船，自長距離高速氣墊艇「ＶＯＹＡＧＥ」前往戰艦「北斗七星」。

將立體影像ＡＩ「桃樂絲」交給目前現況的作戰指揮官Ｗ教授，是我們此行的目的。

政治形勢時時變化，為了加以應對，必須請示地球圈統一國家的判斷。

進入艦橋，將立體影像投影裝置交付時，神父看著W教授凝重的表情，詢問他原因。

「發生了什麼事嗎？」

「嗯……其實是希洛他……」

W教授慎重地揀選言詞，一度打住詞語，然後繼續說下去：

「起先他對『巴別』發動攻擊，但不知為何突然丟棄了『白雪公主』。可以猜想他大概是為了救出『巴別』裡的莉莉娜總統，潛入了那座要塞——」

「等一下。莉莉娜為何偏偏要在這種時候進入敵人的要塞？」

「我個人是覺得，這行動很有她的風格。」

「難不成都到這節骨眼了，她還在說什麼和平交涉的夢話嗎？」

「大概就是那樣吧。」

「雖然希洛也不遜色，但那位大小姐也未免太亂來了吧……沒辦法了，走吧，凱西。」

我突然被叫了名字。

一下子無法會意神父的意圖，我感到困惑。

「咦，那個……要去哪裡？」

「那還用說，當然是那兩個有勇無謀又魯莽的傢伙潛入的『巴別』啊。」

神父似乎打算帶著我前去營救莉莉娜總統和希洛。

雖然覺得他那理所當然般的行動也同樣很有勇無謀且魯莽，但由於氣勢十足，以至於我啞口無言。

「請等一下。」

W教授代替我出聲制止。

「我們的目的是阻擋『巴別』的侵犯，不是營救兩人。」

「這種事情我知道。你們就做你們想做的吧。」

神父轉身背向W教授，走出了艦橋。

在通往氣墊船停泊的發船場的走廊上，我總算追上他。

「神父，希洛．唯有沒有可能是為了執行任務才去追莉莉娜總統？」

「不可能。要殺莉莉娜的話，至今多得是機會……那傢伙的目的，八成是想帶回莉莉娜吧。」

「那我們不就更該在行動之前請示桃樂絲總統的判斷嗎？」

「怎能夠仰賴那種立體影像啊？再說，至少自己的行動要由自己決定，不然以後會後悔喔。」

「可是，我終究是預防者的一員……」

「妳是凱西．鮑，不需要強迫自己套入除此之外的框架。」

神父根本不聽人說話。

自己的生存方式，由自己決定。

張老師一向如此教導我。

而神父也和他說了同樣的話。

「我認為莎莉．鮑——妳的母親向來也都是以這樣的想法行動。」

「神父對我母親的事很清楚呢。」

「還好啦，以前很常被她消遣。」

神父不認識母親的真面目。

母親總是想把我塑造成某個形象。

我會成為預防者的特務，也是因為母親強硬的教育。

妳有義務維持這個世界的和平——她總是這麼說。

對於年幼的我來說，那是多麼令人厭煩。

「明白了。我和神父一起行動。」

我下定決心如此回答。

雖然無法用具體的話語形容，但在我內心有某個東西在驅使我。

我們立刻就搭著氣墊船橫渡了伊希地海峽。

這片海的海浪在往返伊希地灣沿岸的洋流複雜地纏繞，彼此劇烈推撞下，形成了更高的浪濤。

被遠去的灰色浪潮與折返的黑暗波濤交互侵襲，可以感受到造成的高低落差是正常的好幾倍。

委身於浪潮來去的循環，似乎更增長了內心的不安。

夜空中不見星辰，沉重的雲低垂覆蓋著天空。

「看樣子要下雪了……得加快速度才行啊。」

神父一派輕鬆地喃喃說著。

遙遠身後的海上，有某個白色的東西飛升而去。

「神父，剛才那是？」

「是希洛丟掉的白雪公主吧。」

「咦？是誰坐在裡面駕駛？」

「當然是卡特爾……現在能操縱那個的只有他了。」

聽見卡特爾這個名字，想了好半天我都沒能想到那是在說W教授。

「他也跟五飛一樣。扯了老半天，結果還是像以前一樣血氣方剛啊……」

這樣的他不禁讓我內心微笑。

「神父也是一樣啊。」

「我嗎？我跟特洛瓦一樣，都會冷靜地判斷狀況才行動。」

神父不自覺地使用名字稱呼過去的同伴。

他的心一定也回到了少年時代。

「算啦，不管怎麼樣，得把該做的事情做一做才行。」

神父如此說著。從側臉可以看出，他似乎對這個狀況樂在其中。

——移動要塞巴別內部——

我和神父跟著返航的比爾哥部隊一起潛進了移動要塞「巴別」。

進到ＭＤ機庫的前一刻，接到了來自「ＶＯＹＡＧＥ」的堺艇長的加密通訊。

『「哪吒」及「天堂托爾吉斯」一同歸艦。兩機皆損傷嚴重，兩名駕駛員昏迷不醒，無法再次出擊。等候指示。』

事態遠比想像中更緊迫。

後方遠處的伊希地大平原上，黑色羽翼的飛翼零式降臨。

操縱者不明。

與之對抗的，似乎是自北斗七星出擊的幾架鋼彈。

在要塞內部的漫長迴廊上追著神父背後，詢問他打算怎麼處理這個狀況。

「交給笨兒子他們就好了。比起這個，得先找出莉莉娜和希洛的所在之處。」

我向堺艇長送出「交由您處理」的暗號。

經過一段時間，我們分頭行動。

神父看了我駭入的電腦終端資料，立刻就明白了希洛．唯和莉莉娜總統的所在位置，朝現場出發。

「妳負責確保逃脫路徑……希望能有中型且高速的飛空艇。」

我依照吩咐潛進了要塞內的飛空艇機庫。

那裡站著四名看守的士兵，我釋放出名為「Hypnotic」的無色無臭催眠瓦斯，將他們全數迷昏。

神父也帶著同樣的東西，應該是想在救出兩人時使用。

那裡沒有適合的飛空艇。

無可奈何之下，我坐進一架或許有點顯眼的大型飛空艇，解除了駕駛艙的保全系統。

駭入機體的電腦，以欺騙程式讓電腦認可我的存在。

結束這一連串作業，發訊給神父說「已確保飛空艇」之後，立刻就得到回覆。

『發生問題，希洛被槍擊了。治療完這傢伙之後再去妳那裡。』

「莉莉娜總統呢？」

『我到達時已經不在了。或許是被帶去別的地方。』

從無線電可以聽見機關槍連射的聲音。

通訊就此中斷。

我遲疑了。

應該前往支援神父，還是去找莉莉娜總統？

但現況是兩邊都很難選擇。

操作駕駛艙裡的電腦，各式各樣的欺敵情報和假消息掩飾著現況，實在難以找出莉莉娜總統。

就算我去支援，很可能只會礙手礙腳。

現在只能繼續等下去了。

正當我如此心想，感覺到背後有氣息。

回頭一看，當然沒有任何人。

我說服自己純粹只是多心了。

這時卻聽見門的另一邊有腳步聲。

感覺不是接近，而是以緩慢的步調逐漸離去。

我舉起手槍起身。

貼在門邊搜尋腳步聲的方向。

位於駕駛艙外的鐵製螺旋梯，腳步聲正逐漸向下走。

看守機庫的士兵全都睡著了。不可能有人吸入了這種催眠瓦斯還醒著。

我抓住門把，開門後再次重新舉好槍。

從樓梯下方可見的通道間，確認到那個男人離去的身影。

我開始緊張。

我對那背後飄逸的長直金髮有印象。

錯不了。

是拉納格林共和國的傑克斯・馬吉斯上級特校。

小心著不被發現，我走下螺旋梯。

傑克斯特校走在通往後方動力部的走廊上。

他穿著深綠色的長大衣。

那是古老的設計，而非拉納格林共和國的軍服。

我腦中閃過「白色獠牙」一詞。

回溯記憶，想起那是ＡＣ時代，殖民地方面反叛軍的名稱。

我不禁疑惑，為何傑克斯特校穿著那件大衣？

但目前首要之務是叫住不期然的入侵者。

我瞄準他的背後大喊：

「站住！」

傑克斯特校僅止在一瞬間回頭。

他的側臉露出淺笑。

留下那抹嘲笑，他打開動力部的艙門，進到裡頭。

若那真的是傑克斯特校，也就是立體影像了。

就算拿手槍威脅也沒用。

但是立體影像會發出腳步聲嗎？

如果有實體，會是自稱「昔蘭尼之風」的米利亞爾特嗎？

不，這不可能。

聽說他現在還昏迷不醒，躺在莉莉娜市的醫療設施的床上。

我從就這麼開著的艙門門縫，小心翼翼地窺視內部。

裡頭飽含熱氣的空氣很混濁。

還散發著揮發性的油臭味。

低速空轉中的動力引擎發出低音。

「逃也沒用，出來這邊！」

我大喊。

對方沒有反應。

微弱的照明中，伸長了兩個影子。

站在那裡的除了傑克斯特校之外，還有另一個人。

「是誰？你們是什麼人？」

沒有回應。

兩個人影突然消失。

我跑向兩人原先所站之處。

昏暗當中，腳步聲再次響起。

這次是頭上方有兩個人奔上樓梯的腳步聲。

另一個人由體型輪廓看來，像是女性。

我追著逃跑的兩人。

顧不得體面了。

我的鞋子也發出聲響，趕緊踩上樓梯。

天花板有個出口艙門，那裡連接著為了整備動力部而設置的作業用通道。

我爬出通道，找尋兩人的身影。

通過好幾次曲折，且只夠單人通行的狹窄空間。

半途有著微弱的簡易照明。

我無意間看見傑克斯特校和緊跟著他的女性通過那底下。

我不禁屏息。

女性留著一頭具特色的垂直捲髮型。

「媽媽？」

若那是我的母親莎莉．鮑，只能說我大概產生了幻覺及幻聽吧。

母親在我年幼時就死了。

在一次執行預防者的任務時，不幸遭遇了事故。

母親身穿的不是預防者的制服，而是年輕時參加反抗活動時的服裝。

那模樣與我在相簿裡看到的某張照片相同。

為何我會看見這種幻覺？

為什麼母親會和傑克斯特校在一起？

我完全理不出頭緒。

唯一能想到的結論，就是我的精神產生異常了。

我緊緊閉上眼，想讓內心冷靜下來。

四面八方已不再有腳步聲，唯有寂靜支配黑暗。

睜開眼睛，通道上果然沒有人影。

我看見了通道盡頭有一扇門。

側面的牆上貼著整備員貼的作業順序筆記，正被風吹得微微飄動。

門被嚴密地上了鎖。

微風是從動力部裡，引擎空轉狀態造成的溫差所產生的吧。

可是如果兩人走出了通道，就只能來到這裡了。

我緩緩打開門。

冷空氣襲向我。

門後是飛空艇的外面。

機庫裡，Hypnotic的藥效已然消失。

門的外面——

站著母親。

母親的臉上果然掛著笑容。

我出到門外，站到她面前。

那是一幅性感的女性畫像，畫在飛空艇的垂直尾翼上。

持著舊式的滑膛槍，做反叛軍風格打扮，但胸前大大地開敞，五官與我的母親完全不同。

唯有一點相同，是那位女性的髮型是垂直捲金髮。

在她身旁寫著法語。

「La Liberté guidant le peuple」。

引導民眾的自由女神——

和著名的德拉克羅瓦的畫風不一樣。

不知是這艘飛空艇的名稱，還是士兵們的標語。

大概是我在坐進這艘飛空艇的時候，眼角捕捉到了這幅畫吧。

所以才想起母親，看見那種幻影。

那麼另一個人——傑克斯特校也是幻影？

對我而言，傑克斯特校那副打扮，我是從「傑克斯檔案」裡的第二次月面大戰見到的。

我完全不明所以，只能茫然呆站著。

就在這時，手機無線電傳出呼叫音。

是神父發來的通訊。

『事情變得有點不妙……』

他深深嘆息著說道：

『弄到飛空艇了嗎？』

「是的……在D區的第七機庫。」

『我現在就過去……客人有兩名。』

「了解……」

掛斷通訊，我才注意到他所說的話——兩名客人。

一位是希洛・唯吧，但另一位是誰？

數十分鐘後，另一人的真面目揭曉。

神父他們三人進到駕駛艙。

帶來的客人，是希洛・唯和希爾妲・休拜卡博士。

她暈了過去，手腳都被捆住，被神父扛在肩上。

「你綁架了拉納格林的重要人士嗎？」

「別在意……她原本是我老婆。」

「可是……」

希洛．唯站在神父的身後。

越過神父的肩膀，他目不轉睛地看著我。

和過去相遇時的印象簡直不像是同一個人。

他的舉止有些可疑，眼神裡毫不見精悍的銳氣。

「希洛．唯發生了什麼事？」

「詳細的事等會兒再說……首先要立刻脫離這裡。」

「是。」

「還有，凱西……妳有帶著『傑克斯檔案』的積體電路吧？」

「如果是從神父那裡拷貝的，在這裡。」

「『特列斯』和『匹斯克拉福特』都沒問題，但是『傑克斯』出了事。」

一邊說著，他一邊讓扛著的休拜卡博士躺在駕駛艙後方的沙發上。

「希爾妲這傢伙，在檔案裡動手腳，置入錯誤程序。必須再重讀一次檔案。」

重讀檔案？

是要讓誰重讀？

與我見到的傑克斯．馬吉斯的幻影也有某種關係嗎？

就在此時，希洛走到我面前說：

「我『應該守護的女人』，就是妳嗎？」

他語帶悲傷地如此詢問。

見我沒有回話，他突然在我眼前跪下來，以嗚咽的聲音說：

「雖然我現在沒有力量，但是一定會守護妳……絕對會守護妳。」

他的肩膀小幅度地顫抖，抱著自己的雙臂。

面對如此可憐的他，我一時之間想不出該對他說什麼才好。

——伊希地平原——

時間約來到深夜一點，粉雪依然持續飄落。

被雪寂靜地堆積成白色的平原上，收疊起漆黑羽翼的「飛翼鋼彈零式」悠然屹立著。

其駕駛艙內，凡恩·克修里納達臉上掛著游刃有餘的笑容。

「五對一嗎……這麼一來狀況很不樂觀呢。」

包圍著四周的是「魔法師」、「普羅米修斯」、「舍赫拉查德」、「紅心女王」四架。

而在遙遠天際的伊希地灣上空，「白雪公主」正準備射出下一發箭矢。

「你們若是在這種情況下敗北，肯定會受到相當大的打擊吧？你們已經作好心理準備了嗎？」

迪歐和娜伊娜不發一語。他們正靠著彼此的呼吸確認開戰的時機。

無名氏和卡特莉奴打量著與飛翼零式之間的對峙距離。他們正在計算同時發動接近戰和砲擊戰的最佳距離。

「按照我的預測，擅長接近戰的魔法師和舍赫拉查德會率先進攻吧。之後一旦我升空，就會被普羅米修斯的重機關砲擊墜。要是往左右任何一方向閃避，紅心女王就會搶先繞道維持包圍網——大概就是這樣吧。」

飛翼零式曲起單邊膝蓋，宛如敗者般跪下。

不，那不是認輸的姿勢。

而是像短跑即將衝刺起跑般，隱藏著鬥志的前屈姿勢。

「可是啊，我所能預測的比你們還要來得更高明。你們一定會嘗到前所未有的恥辱。」

飛翼零式靜靜地將右拳抵著地面。

「還有，迪歐，你的下一句台詞會是『辦得到就儘管——』」

迪歐的「魔法師」行動了。

以急遽的速度將光束鐮刀由下往上揮。

迪歐大喊：

「辦得到就儘管試試看啊！」

「『——試試看啊』。」

兩人幾乎在同一時間出聲。

飛翼零式的雙眼散放光芒。

凡恩收起笑容說：

「On Your Mark（各就各位），set（預備）——」

莫大的能量聚集到抵著大地的拳頭上。

共振波以該場所為中心擴散，微風中飛舞的粉雪瞬時一齊被蒸發。

突然間，大地上劃開放射狀的龜裂。

自飛翼零式身上放射出刺眼的閃光。

「Start！」

爆音轟然響徹天地間。

「魔法師」的光束鐮刀揮砍而下時，飛翼零式已經用難以置信的速度遙遙飛上高空。

飛翼零式的羽翼依舊收疊，並未開啟。

尚未使用裝備在黑色羽翼上的飛行推進器。

普羅米修斯的巨大十字架型重機關砲立刻開火，但飛翼零式早已抵達高海拔的上空。

「嘖……」

一瞬間就超越了射程距離。

「……居然如此神速。」

無名氏咂舌。

飛翼零式的巨大黑色羽翼如螺旋般纏起，更進一步加速。

超越音速，更進一步加速。

咚的一聲，聲爆響徹烏雲密布的天際。

舍赫拉查德（卡特莉奴）和紅心女王（娜伊娜）以為飛翼零式的下一步行動會

是逃向移動要塞巴別。

若想擋住去路，就必須繞到巴別的那個方向會合。

然而飛翼零式卻朝著反方向的伊希地灣的上空飛去。

「糟了，他的目標是哥哥！」

卡特莉奴大喊。

「白雪公主？」

娜伊娜不禁反問。

飛翼零式的駕駛艙裡，凡恩再一次揚起嘴角嘲笑。

「你們的弱點就是欠缺統率力。想必你們會在今後的戰役補強這一點吧。所以最好的方法，就是在首戰先打掉你們的『智囊』。」

駕著「白雪公主」的W教授早已感受到強烈的壓力。

「這是很理所當然的戰術判斷。若是以前的我，恐怕已被這強烈的殺意給壓垮了吧。」

W教授如此說著，將一塊積體電路插進控制台的「ZERO系統」。

「ZERO」的顯示訊號變成「Astro Boy」。

「希洛，稍微借我一下你的力量。」

W教授下載了殘留在這個駕駛艙裡的「希洛．唯」的意識。

描繪記憶形成希洛的「技術」與「覺悟」，流入W教授的腦中。

「任務了解……」

W教授低沉而冷酷的聲音說著。

「現在開始以『七個小矮人．銀色』擊墜目標。」

那眼神與口氣全都與希洛．唯如出一轍。

「射擊預備……」

鎖定的目標，是正以超高速朝準星的中心點衝來的飛翼零式。

「開始上箭……」

銀色的箭搭上弓型的武器「七個小矮人」，並早已發出啪嘰啪嘰聲響，開始迸出電流火花。

「開弓。」

「白雪公主」將弓弦拉到最大極限。

「滿弓……射出！」

剎那間，銀色的光箭射出——

——移動要塞巴別內部——

位於最上層，莉莉娜．匹斯克拉福特被帶到了傑克斯．馬吉斯的司令官室。

那間寬敞的房間裡，天花板裝設著防彈強化玻璃，能夠看見雪自空中飄落。不知是否因室內的溫度高，雪一落在玻璃窗上便即刻融化。

有好一會兒，莉莉娜眺望著自沒有星辰的暗夜不斷飄落的雪景。

那景色充滿夢幻，讓人有種錯覺，彷彿這座要塞正要飛向宇宙。

（可以的話，真想就這麼被召去天上。）

莉莉娜的內心，宛如一株細瘦的樹佇立於荒涼大地般，搖擺不定。

（希洛還活著嗎？）

沒有樹葉、凹凸不平的枝節在狂風吹襲下，如今已幾乎要被折斷。

（我到底做了什麼……）

受到無法言喻的動搖與良心的苛責所苦，她的內心騷然不安。

史特菈等人將她帶領到這裡之後，就立刻退出房間了。

莉莉娜筆直看向前方。

在她面前站著傑克斯。

他背對著莉莉娜，觀察著分析戰況的監視器。

這房間裡只有他們兩人。

莉莉娜沉默地望著傑克斯的背影。

（不可以覺得挫折。）

（必須挺身面對前方才行。）

（高潔、熱情，而且堅強地……）

莉莉娜拚命勸說已幾乎快崩潰的自己，想要振奮精神。

如今支撐她的是兩位祖母——卡蒂莉娜與莎伯莉娜。

她覺得必須學習那兩人堅強的生存方式。

傑克斯緩緩回過頭。

「妳來得好，莉莉娜……」

莉莉娜輕聲低喃：

「哥哥。」

她不禁如此脫口而出。傑克斯臉上的溫柔笑容，就是如此地一如既往。

莉莉娜知道他是立體影像。但是比起之前見到的「桃樂絲」，「傑克斯」遠遠更加地鮮明，彷彿實際存在於此地。

莉莉娜伸直背脊，再次重新呼喚他：

「傑克斯．馬吉斯上級特校。我們就免去禮貌上的招呼，直接進入正題吧。」

就算他並非實際存在，也無疑是拉納格林共和國的代表人物。

「請立刻終結這場戰爭。」

莉莉娜以火星聯邦第二任總統的毅然態度說道。

「請說說你的停戰條件。若能讓火星恢復和平，不管要付出任何努力，我都在所不惜。」

「莉莉娜。」

傑克斯以兄長的表情開口：

「妳還是老樣子，我放心了。」

傑克斯靠近，修長的手指伸向莉莉娜嬌瘦的下巴，讓她抬起頭。

看來立體影像似乎也觸碰得到東西。

從他的指尖，彷彿可以感受到人的肌膚溫度，聽見血液流動的脈搏聲。

傑克斯注視著莉莉娜的雙眼。

「不對，眼神比起以前更增添了憂愁。那悲傷是因為體恤火星之民，又或者是私人抱持的心痛？」

他這番話，似乎不像在挖苦。

他澄澈的碧藍眼眸看似是真心為妹妹的悲傷感到同情。

而她的內心深處，其實也很想乾脆撲進他的懷裡哭泣。

（我對希洛開槍了。）

（該怎麼辦才好，請教教我。）

內心好幾次禁不住衝動及誘惑，想要將她的悲傷告訴「保持著微笑的哥哥」。

但是她壓抑下來了，繼續對話。

「兩者都是。」

「呵……」傑克斯輕笑一聲，便不再多說什麼。

他正靜靜地呼吸。

簡直就像真正的人類一樣。

對於自己是立體影像的ＡＩ，他究竟有否自覺？

又或者是他的人格視莉莉娜為血脈相連的親妹妹，因此才如此面對她？

「我和妳就彷彿是『漢賽爾與葛麗特』呢。被父母遺棄的兄妹在『混沌之森』迷失，最終抵達以和平為名的『糖果屋』。但是這個家中住著『魔女』。」

莉莉娜不太明白傑克斯的這個比喻。

「和平是將人們領往不幸的甜蜜陷阱。只要嚐過一次名為和平的糖果，就無法離開那個家了。而且一旦吃完，就什麼都不剩。」

傑克斯語氣平淡地繼續說：

「吃糖是很幸福的事吧？更別提對於年幼的孩童了。但可不能老是只吃糖果。

營養會不均衡，發育會中止，而且總有一天也會對那味道覺得膩而不再好吃。等到變成大人，就會想吃將打獵捕到的鳥獸以香料提味烹調的料理，喝巴羅洛的紅酒。甜食只要作為餐後甜點就夠了。我認為住在『糖果屋』的『魔女』，會不會其實是無法走到外面世界的愛作夢少女？也許她也和『葛麗特』一樣曾被雙親遺棄，是個寂寞又悲傷的女孩子。」

「是在說我嗎？我是住在『糖果屋』的『魔女』……？」

傑克斯再次「呵……」地笑出聲，之後便沉默不語。

莉莉娜一面回想這個童話，一面像要確認般，逐句思考著說：

「但是葛麗特不是只有一個人，她哥哥漢賽爾也在一起。只要兩人合力，一定可以擊退魔女。」

「我認為『完全和平主義』正是那個魔女。」

「怎麼這樣……」

「非武裝、非暴力的和平主義，將會引發新的戰爭。這一點由至今的歷史來看也是再清楚不過。」

「現在的地球圈就維持著和平。」

傑克斯自嘲般地說：

「妳也知道吧，那不是『完全』。既然有預防者這種武裝組織，就和獨裁政權的監視國家沒兩樣。」

「……」

「和平應當知足地作為餐後甜點，絕不能成為人類的主餐。」

「我不希望你那樣子比喻和平。你……」

突然間，記憶蒙上一層混沌的迷霧。

「你……錯了。」

卡蒂莉娜和莎伯莉娜的身影似乎正逐漸消失。

「和平並不是誕生自戰爭——」

這時候，莉莉娜突然有股暈眩般的既視感。

記憶中，以前也說過同樣的話。

那時是AC195年的12月，在戰艦天秤座上也有著與現在類似的景象。

當時的米利亞爾特說：「不戰鬥的話，就不會明白戰爭的愚蠢。」

現在眼前的傑克斯表情也和當時相同——彷彿正隱藏著悲痛覺悟的神情。

傑克斯平靜地說：

「我現在在說的是和平的價值。不管是戰爭或和平，兩者對人類都有其必要。若是否定『活著的辛苦』，就無法在真正的意義上得到『心靈的安寧』。」

「你……」

莉莉娜遲疑著是否該說出下一句話，但最後還是問了：

「你是活著的嗎？」

「我是活著的。」

ＡＩ立體影像即刻回答：

「我比其他的任何人類都更具有生命。擁有靈魂、擁有心靈，也感受得到人們的悲喜。而且比任何人都更對於自己活著一事感到自豪。我肯定自身的存在。不像活人的——應該是妳吧，莉莉娜？」

這句話刺入了她的內心。

「……」

（我不像個活人。只會提倡主義，卻無法肯定自己的存在。）

期望希洛殺了自己。

以為是因為不想傷害任何人。

對希洛開槍，也是因為一心想保護身旁的史特菈。

不管有怎樣的理由，都無法抹滅罪惡感。

明明否定戰爭，卻無法從戰爭掙脫。

莉莉娜低下頭。

（或許我才是立體影像。）

自己才是曖昧不清而彷彿快消失，存在感稀薄的幻影吧？

至今以來支撐自己的過往，接二連三地消失。

正當她這麼想時，聽見了出其不意的聲音。

『不，莉莉娜總統，妳確實活著。』

同一時間，天窗的強化玻璃發出陣陣聲響而龜裂。

運用電磁共振的特殊小型炸彈爆炸了。

在輕微衝擊下化成粉碎的玻璃碎片灑落室內。

六名武裝的女性士兵沿著繩索降落，將莉莉娜團團圍住守護她。

外頭的冷空氣一股作氣吹進室內。

她們全都身穿著黑色戰鬥服，雙臂上有著黑桃標誌，以及由「10」到「A」的編號。

那是五位「冷血妖精」，被賦予的團隊名是「Royal straight Flash（RSF）」。然後另一位女性則是統率她們的總統助理軍官。

傑克斯向領隊的年長女性開口說：

「諾茵嗎……」

「我現在的名字是露克蕾琪亞·匹斯克拉福特。」

露克蕾琪亞將手槍對準有著丈夫年輕時相貌的敵將。

她的眼中比起憎惡或敵意，更充滿了近似懷念或仰慕。

「看到你那副模樣，就連我也難以保持平常心呢。」

「呵……」

「人是會迷惘的，傑克斯……一面感到困惑、痛苦，同時繼續活下去。會無數次地反覆肯定及否定。比起最後抵達的結論，更必須重視在那期間的歷程。所以總統閣下……不，莉莉娜大人無疑是活著的。」

露克蕾琪亞說到中途，看向身後的莉莉娜。

「莉莉娜大人現在應該也還是愛著希洛・唯。」

莉莉娜驚然抬頭。

「傑克斯・馬吉斯上級特校，你能夠愛人嗎？你能夠斷言那不是程式上的演算處理嗎？」

「當然。我現在也還是愛著妳，諾茵……」

她扣下手槍的扳機。

子彈貫穿傑克斯・馬吉斯的眉間。

露克蕾琪亞無情地說：

「很可惜，我對你沒那個興趣。」

傑克斯的額頭殘留著子彈的痕跡。

但沒有流血。

他沒有倒地，依舊站立原地。

「總統就由我們帶回去了。」

莉莉娜被「ＲＳＦ」帶著離開的途中，再一次回頭看了傑克斯。

不老不死的傑克斯立體影像喃喃般地說：

「Nevermore。」

莉莉娜不懂那句話的含意。

只不過，她看見不再有所動作的傑克斯臉上，露出看似有些寂寞和莫名悲傷的表情——

——伊希地灣 上空——

在古代歐洲的土著信仰當中，傳說欲擊退「狼男」或「吸血鬼」，要使用「銀子彈」。

據說銀寄宿著神聖的力量。

W教授雖然不信這套，但要想驅除名為凡恩·克修里納達的「惡魔」，大概沒有別的選擇會比其他的任何武器更適合。

「白雪公主」的弓弦已拉到最大極限。

「滿弓……射出！」

剎那間，銀色的光箭射出。

光箭加速，化為一道閃光將夜空的黑暗一分為二。

銀箭筆直衝向迎面而來，呈黑色圓錐螺旋狀的飛翼鋼彈零式。

不知是否對逼近而來的閃光感到危險，飛翼零式減速。

不，或許是在表現他有從容的自信可以抵禦得了吧。

包覆著螺旋狀的飛翼零式，形狀獨特的那對羽翼，其外裝之堅硬，在剛才的戰鬥中驕傲地擋下了「天堂托爾吉斯」的多佛槍攻擊。

發光的銀箭和黑色羽翼激烈衝撞。

激烈的閃光更進一步迸發廣範圍的刺眼光芒。

猛裂撞上的零點幾秒前，銀箭的尖端發出螺旋鑽形狀的光，開始高速旋轉。

銀色閃光鑽進了羽翼前端。

旋轉的方向強硬地撬開了緊閉成螺旋狀的羽翼。

才一瞬間，飛翼零式的機體就露出了本體。

銀箭持續加速闖進飛翼零式的機體，由肩膀貫穿到了胸部的駕駛艙。

一旦抵達駕駛艙，駕駛員就會沒命。

「這箭矢的特性是『pierce（貫通）』，再怎麼堅固的防禦都能貫穿。」

為了提升貫通力，尖端的箭頭使用了MG合金，並施了任何金屬都能腐蝕的奈米粒子。

飛翼零式宛如斷翼的渡鴉，失速墜往伊希地灣。

W教授對此做了確認之後說：

「將軍。」

「銀之箭──Silberpfeil」。

這個能讓機體完全靜止並確實殺傷駕駛員的能力，在其他的「七個小矮人」當中也是出類拔萃。

以對MS用兵器而言，堪稱最強武器。

但這無法使用於遠距離。

因為命中精準度極低，貫穿的威力也會隨著距離變得更加薄弱。

更大的問題，是會對使用者造成精神負擔。

以MS戰鬥，是為了減輕對於「奪取性命」這種罪惡的意識。

可是若要以最佳效率使用這個銀箭，就必須瞄準MS的駕駛艙，「奪取駕駛員的性命」。

雖說在戰場上對於「殺傷敵人」的行為理所當然該抱有覺悟，但若想「一擊必殺」，沒有精密的狙擊能力及強韌的精神就不可能辦到。

W教授以希洛．唯的殘留意識進行描繪記憶，理由就在此。

只要有希洛的「技術」和「覺悟」，就能夠減輕精神上的負擔。

W教授自緊張情緒放鬆之後，將積體電路抽出「ZERO系統」。

一抽出來，描繪記憶而形成的希洛的意識便消失。

這時，他的耳邊傳進令人戰慄的話語。

『Nevermore（不會再有第二次）。』

「……？」

他有些難以置信。

「怎麼可能……」

勉強才擠出這一句話。

『看來我有些太高估你了。』

透過通訊器傳來的聲音，確實是凡恩・克修里納達無誤。

『你真以為這點程度就能夠打倒我？而且居然還借助「希洛・唯」的能力，不覺得丟臉嗎？』

凡恩在心理層面完全占了優勢。

（他究竟看穿我的內心到什麼地步？）

W教授焦躁地進行索敵。

（不快點找出來，會被反擊。）

雪花紛飛的天空視野不佳。

沒辦法馬上以目視確認。

將索敵範圍擴展到最大。

有反應了。

飛翼零式並未沉入伊希地灣。

在瀕臨水面的位置展開漆黑的羽翼，舉著填充完能源的巨型步槍。

（……遲了一步！）

擴大監視器捕捉到的影像，銀之矢無疑已刺在機體的駕駛艙上。

駕駛員不可能在那種狀態下生存。

ＭＳ在設計上，無法將駕駛艙改設在別的位置。

唯一可想的可能性——

「立體影像……」

Ｗ教授低喃出聲。

有傑克斯．馬吉斯上級特校和ＡＩ立體影像「桃樂絲」的先例。

正當他如此推測，凡恩．克修里納達冷淡地表示反應：

『很可惜——』

那聲音之中蘊涵著嘲笑。

『——我是確確實實存在，而我現也正確確實實坐在駕駛艙裡。』

語畢，他又再次複述了那個語句。

『Nevermore。』

那是在埃德加．愛倫．坡的故事詩《The Raven》之中，渡鴉數次對主角說的台詞。

Ｗ教授死命地想操作操縱桿進行移動，但無論前後左右上下，都無法移往任一方位。

就像那篇故事詩中的主角，無法逃出渡鴨的影子一樣。

下一瞬間，飛翼零式發射了巨型步槍。

白雪公主被驚人的閃光漩渦吞噬——

——伊希地平原 上空——

我們搭乘的飛空艇由「巴別」的第七機庫飛出。

由我掌握操縱桿。

通訊器好幾次傳出管制官的飛行許可確認，但我繼續加以無視。

雖然平安起飛並逃出了要塞，但幾架小型機追擊而來並發射了飛彈。

完全沒有提出任何的勸降或擊墜警告。

是覺得無論說什麼都白費，再不然就是拉納格林軍的多用途遠端操作無人小型機吧。

「果然還是再小架一點，靈活點的飛空艇比較好。」

這架飛空艇的體型太大了，很不容易迴避飛彈。

我對自己的工作失誤感到後悔。

雖然一瞬間考慮過是否要通告希爾妲・休拜卡在此作人質一事，但造成反效果的可能性很高。

對方可能會如此判斷：與其讓得知重要機密的她落入敵人手中，不如加以擊墜抹殺，才是上策。

結果，最後我是同時併用後部迎擊飛彈和麥斯威爾神父準備的干擾系統躲過了追擊。

這個「視覺欺瞞」尤其對於敵人是無人機時特別有效。

果不其然，敵機的追擊速度慢了下來，成功脫離了飛彈的射程。

我回頭表示感謝。

「神父，託你的福，總算是掙脫了。」

「這樣啊，那太好了。」

得到的回應中，掩飾不住焦躁。

神父正在我背後不耐煩地幫「傑克斯檔案」去除程式錯誤。

「可惡，渾蛋！」

他將檔案內容在虛擬監視器播放出來，從龐大的數值及文字列當中找尋錯誤。

「是誰？是誰不存在！」

聲音明顯很焦躁。

根據神父所言，「傑克斯檔案」裡似乎有某位特定的人物被刻意刪除了。

若是下載的記憶裡原本該有的人不見了，連鎖的相關人士或事件也都會消失。似乎是為了防止大腦產生混亂或矛盾，心理上產生的防衛反應。

但是隨時間經過，混亂和矛盾便反而會變得益發嚴重。相關的人與事持續擴大消失，這是理所當然的結果。最後所有的記憶都會難以修復。

莉莉娜．匹斯克拉福特之所以會情緒不穩定，可以判斷起因是她從冷凍睡眠甦醒時單獨下載了「傑克斯檔案」的記憶，所以才產生了混亂與矛盾。

希洛．唯的狀況則有些不同。

他有著堅韌的精神力，不會將不穩定的情緒顯露於表面。

然而內心應該抱持著許多糾葛。

希爾妲．休拜卡以醫療艙為希洛進行槍傷治療時，同時加速了他腦內海馬體的神經細胞的訊號傳達速度，結果重置了他的記憶。

當我忽然回神，發現神父正盯著我的臉。

「對了，妳也看過這個檔案吧？」

「對……」

「可是情緒卻很穩定，也沒有產生失憶的狀況，對吧？」

「是的。」

神父就此陷入沉默。

可是視線卻無一刻離開我的臉。

我感到似乎經過了一段相當長的時間。

我忽然發現，他的視線不是看著我的眼睛，而是整體的臉部……不，或者該說是在看我的耳朵。

我現正戴著淡紅色的紅寶石耳環，可以感覺到神父的視線都集中在那一點。

在我到火星分部就任時，張老師給了我這副紅寶石耳環。

他當時粗魯地說：

「這是莎莉．鮑的遺物。」

自那時起，我就一次也沒有將它拔下來。

我詢問一直不斷看著這裡的神父：

「請問，怎麼了嗎？」

神父喃喃嘀咕：

「……原來如此，是莎莉．鮑啊……」

「咦？」

我反問。他不可能把我和母親搞錯。

神父轉向虛擬監視器，一面確認內容一面說：

「果然是這樣。這個『傑克斯檔案』裡沒有莎莉．鮑。」

他的嘴邊浮現理解與確信的笑意。

「我明白了。這麼一來就能製作不會引發錯誤的檔案了。」

的確，在我看過的「傑克斯檔案」裡頭，母親並沒有出現。

「神父，我有問題。」

我有兩個疑問。

「只是檔案裡沒有母親，會產生這麼大的影響嗎？」

「傑克斯檔案」裡頭歸納了自ＡＣ１８６年到１９１年的五年之間，以「第二次月面大戰」為中心的事情經過。

當時的母親比我現在還年輕，若被換作「小ㄚ頭」也不奇怪。

「而且——」

在北極冠基地剛從冷凍睡眠甦醒的希洛，看見我時說了：「是劣化的莎莉啊。」

突然現身於基地的莉莉娜總統也稱呼我「莎莉少校」。

一定是把我和母親搞混了。

「——下載的記憶裡沒有母親，那為什麼希洛和莉莉娜卻會知道她？」

「那是因為在現實中見到妳，想起了記憶深處的莎莉。除了檔案裡的之外，原本希洛和莉莉娜就在別處見過真正的莎莉。」

神父邊操作著虛擬監視器邊說。

「第一個問題的回答。就我所知，莎莉‧鮑在這個檔案的時代是關鍵人物。」

我所不知的母親的過去——

這麼說來，我在這架飛空艇起飛之前看到了母親的幻影。在我的記憶中，沒有那個反叛活動的打扮。

也許是與那件事有什麼關聯吧，但神父還未加以解釋。

他一面操作檔案並自言自語：

「我應該更早一點發現。必須儘快下載莎莉的存在，完成檔案才行。必須把那檔案讓希洛重讀，讓他復元。」

現在的希洛‧唯正在後部座席持續監視著昏迷的希爾妲。

雖然握著手槍，但他的狀態看起來實在不像能扣得下扳機。

「首先要確認新的檔案——」

神父回頭看著我說：

「——凱西，只能拜託妳了。由莎莉的女兒妳來確認。」

「可是神父，我從沒聽說過母親那時候的事。再說那麼舊的檔案，已經到處都不存在了吧？」

「妳的耳環。那是妳母親的遺物吧？」

我困惑地點頭。

至少張老師是這麼說。

「我曾經看過預防者用過與那類似的小道具。」

他意有所指地笑著向我確認：

「凱西，妳在這幾小時內，是不是有見到過類似莎莉幻影的東西？」

「為什麼你會知道？」

「果然是這樣。那個耳環每格幾秒就會微弱地發光。現在也是。」

我驚覺地將手伸向耳朵。

掌心上微弱反射著若隱若現閃爍的紅光。

「那個是內藏有記憶檔的超小型攜帶終端，在設計上可以直接向大腦發送脈衝訊號。」

所以才會看見那種幻影嗎？所以才那麼清楚地聽見腳步聲？

我如此心想。

「在那裡面有莎莉的記憶檔案，拿來用吧。」

我一面解下耳環，一面心想。

張老師是早就預料到會有這種狀況，所以才把母親的記憶檔案交給我嗎？

雖然就算去問那位寡言的長官，他應該什麼也不會回答。

神父從我手中接過耳環，以電腦開始進行分析。

這時候傳來了通訊。

我緊張起來。

起先還以為是「巴別」的追擊部隊。

但那個通訊使用的是火星聯邦軍的特殊部隊使用的安全碼。

『這裡是「冷血妖精」。請將加密線路由A轉至K後再回答。』

我立刻進行操作以確保線路。

「這裡是預防者『Water』，請說。」

通訊官現身於監視器。

『我們目前正在進行總統的營救作戰。』

「帶回總統了嗎？」

『改由助理軍官接聽。』

監視器上出現了露克蕾琪亞助理軍官。

『已順利救出總統。聽說希洛．唯在你們那裡？他的狀況如何？』

「傷勢已經痊癒！」

神父從身後的座位大聲回道。

他一面機械性地輸入資料，一面語氣平靜地繼續接話：

「但是現在希洛的過去完全消失了，恐怕就算見到莉莉娜也認不出是誰。」

『凱西准校，總統閣下說想向希洛表示一句歉意。』

「我馬上帶他來。」

當我回過頭，希洛卻早已站在身後。

身旁還站著希爾妲．休拜卡。

神父慌忙說：

「你在做什麼，希洛？你釋放她是打算做什麼？」

希洛像是惡作劇而被斥責的幼童般，吞吞吐吐地辯解：

「我欠休拜卡博士人情。再說，既然她無意抵抗，那我監視她也沒意義。」

希爾妲．休拜卡穿上白衣，若無其事地重新戴上黑框眼鏡。

「放心吧，我不會在這裡亂來。那麼……」

她窺探神父面前的虛擬監視器上顯現的數據。

「你已經把完整的『傑克斯檔案』完成了嗎？」

「正好完成了。」

神父冷淡地回答，關掉虛擬監視器。

通訊監視器上出現了莉莉娜總統。

『希洛……』

我將座位讓給希洛，把監視器轉向他。

『對不起，希洛……我該怎麼向你道歉才好……』

他望著監視器中面容悲傷的少女，彷彿喉嚨被什麼哽住似的小聲說：

「……妳就是……莉莉娜……嗎？」

莉莉娜對希洛的態度轉變感到驚訝。

『怎麼會……你怎麼了，希洛？』

「抱……抱歉……我失去記憶了……」

『……這樣啊……』

莉莉娜的眼中溢出淚水。

『我也是……我的記憶也越來越淡薄了。我的過去正逐漸消失……』

兩人隔著監視器，沉默對望。

儘管連自身的存在也逐漸淡化而身處不安，但仍讓人感覺流動著唯獨兩人的時間。

光是這樣就似乎可以讓人理解，希洛和莉莉娜之間有著多麼深的連繫。

「真是看不下去了。趕快把『記憶』移植給這兩人吧。」

大概是不擅應付這種氣氛，神父介入了希洛與莉莉娜之間，如連珠炮般一股作氣對著通訊監視器說：

「你們決定會合地點吧，我們馬上過去。現在顧不得談什麼火星聯邦或是預防者了。」

神父再次轉向我說：

『妳來檢查『傑克斯檔案』，要在抵達會合地點之前完成。』

「明白了。」

這時後，在神父及我身後的希爾妲．休拜卡嘲笑般說：

「很遺憾，這個檔案還不算完整，只會再重蹈覆轍罷了。」

她擅自打開虛擬監視器確認數據。

「妳說什麼？」

「你以為我為什麼要重置『睡美人』的記憶？」

雖然不知這兩人之間過去發生過什麼，但是希爾妲對神父說話時的口氣隱約夾雜著輕視。

「什麼意思？」

她神祕莫測地笑了。

「『莎莉・鮑』是關鍵人物沒錯。因為是我蓄意安插進去的程式錯誤，但是還有另一名重要人物。」

「誰？」

「張五飛心愛的『哪吒』的數據——正確來說，是曾為他妻子的女人，『龍妹蘭』——」

我雖然知道在老師心中存在著一名深愛的女性，但未曾聽過那位女性的名字。

神父沉默了半晌，像是在思索什麼。

他目光依然盯著虛擬監視器，背對著我詢問：

「凱西，五飛現在在哪裡？」

「高速氣墊艇『ＶＯＹＡＧＥ』。可是老師現正昏迷不醒。」

「無所謂，聯絡『ＶＯＹＡＧＥ』。妳知道他們目前的所在地吧？」

我點頭，向神父報告了堺艇長目前的所在地。

一確認完畢，他就對著正與「冷血妖精」通訊的監視器大喊：

「抱歉，會合地點改由這邊決定。座標是伊希地灣的ＸＲＴ-０５０７，請馬上過去。」

我遵照命令，準備聯絡堺艇長。

但是通訊卻被截斷了，傳送了通訊暗號也沒有回應。

不好的預感閃過腦海。

此時有別的線路傳來通訊。

還是老樣子，沒有使用加密線路。

『喂，臭老爸！發生狀況了！』

說話的是神父的兒子迪歐。

他的父親代替我怒斥：

「吵死了，現在沒空管那個！」

『渾蛋！Ｗ教授的白雪公主被擊墜了啊！』

「卡特爾？」

『而且飛翼零式衝向下一個目標了！』

神父聽了他的報告後，無奈地嘆息。

「哼，原來如此……」

意外地，神父很冷靜。

「首先從簡單的對手開始解決是嗎……」

『對啦！飛翼零式不是飛向我們！那傢伙……那個黑翅膀的零式的目標是伊希地灣上的米爾和老師！』

神父從容地雙手抱在胸前命令迪歐：

「知道了。沒辦法，解除魔法師的『火星限幅器』吧。」

他的嘴角浮現游刃有餘的笑容。

「無論如何都要守住『VOYAGE』。」

『可以嗎？會變成怎樣，我可不管喔！』

「無所謂……現在我們無論如何都需要五飛。」

在我的眼中，神父的側臉看起來前所未有地可靠——

「魔法師(Warlock)」在激昂下化身成了「魔王(Erlkönig)」。
夜色之狼(芬里爾)奔馳於雪白的荒野。
冰點下的暴風雪(Blizzard)逐漸消失在身後。
那深綠色(Darkgreen)眼眸中的金黃之瞳，
追求著懸於低空的幻影滿月。
迸發的兩把冥王大鐮背於身後，

蝙蝠翼骨遼闊伸展。

音速的急驅之後一躍而起，

降臨高處浪花拍打的斷崖絕壁，

張開白金獠牙，朝暗雲密布的天空咆哮。

看啊，那便是混沌的野獸。

傑克斯檔案序（下篇）

——伊希地灣　洋上——

長距離高速氣墊艇「ＶＯＹＡＧＥ」的提爾操舵手，從監視雷達察覺到光點接近，是在五分鐘前。

堺艇長聽了他的報告，立刻下令切換成海底潛行模式。

他故意不發出通訊申請救援。

要是被敵人的「ＺＥＲＯ系統」破解更多不必要的通訊，只會增加受害擴大的可能性。

「這個……果然是『黑翼』吧？」

提爾操舵手臉色僵硬地說道。

「最初的目標是『天堂』，應該不會錯。」

堺艇長冷靜地回答。

恐怕以為「天堂托爾吉斯」的駕駛員是「昔蘭尼之風」，固執地前來追擊吧。對拉納格林共和國而言，真正的米利亞爾特甚至足以完全否定傑克斯・馬吉斯上級特校，是最為礙眼的危險存在。

堺艇長以此為基準，分析戰況。

「最大的威脅『白雪公主』已經排除，再來就會逐一各個擊破殘存的戰力，而且還是從守備力最弱的開始。這是最具效果的戰術理論。」

這邊幾乎沒有足以對抗的戰力。

返航的「哪吒」和「天堂」都損傷顯著，實在無法進行ＭＳ戰。就算使用艇內的自動維修系統也必須花上數小時。

兩位駕駛員——張老師和米爾・匹斯克拉福特都昏迷不醒，正在醫療艙裡接受治療。

現下只能逃了。

但光是這樣無法解決困境。

「萬一那架機體也追到深海，該怎麼辦？」

提爾操舵手一問，堺艇長神祕地笑了。

「到時候，就靠伊希地的『可燃冰』擊退它。」

提爾操舵手聽完之後似乎理解了，啟動了控制台上的海底地質探測器。

同時關上艦底的氣墊氣體噴出口，打開艦首的排氣閥。

「ＶＯＹＡＧＥ」化為潛水艇，沉入了海中。

——伊希地平原——

降雪的雪勢轉小。

從神父那裡受命護衛「ＶＯＹＡＧＥ」的迪歐，立刻就展開實行。

「魔法師，解除火星限幅器！高速機動用四足獸模式，啟動！」

他拉下駕駛艙天花板的某個拉桿。

這架機體原本是在地球圈製造。為了在只有地球三分之一重力的火星上也能戰鬥，壓抑了其機動力，於是便成了目前雙腳步行的人型形態。

解除限幅器，便能發揮三倍的機動力。只不過機體驅動部會變得耗損激烈，因此戰鬥時間會受限。

魔法師的黑色斗篷之間開始變形。

此時，平原的地平線上浮現於地球可見的紅色滿月。

那是迪歐造成的立體影像。

「我的夥伴就是適合搭配滿月！」

迪歐睜大閃爍的雙眼，自言自語地說。

或許是在勉強自己振奮精神吧。

幻影的滿月下，魔法師的機體包含斗篷，整體都小幅度地振動。

機體前屈著倒下，背後駝狀般地隆起。

變形的模樣宛如在滿月的夜裡，由人變身成狼的「狼人」一般。

黑斗篷逐漸變短。

機體的頸部拉長，將斗篷收進一半，看上去輪廓彷彿化為頸部圍著一圈整齊毛色的西伯利亞狼。

將手中的二刀流光束鐮刀安插在肩部。光束鐮刀彎曲成幾節，化為宛如蝙蝠翅膀骨骼的外形。

「『芬里爾』模式，指令啟動！」

內藏於胸部的膠囊狀駕駛艙打開半圓形的天花板，直接移動到機體背部而袒露在外。

十分酷似以防彈強化玻璃覆蓋的複座式戰鬥機，駕駛員的視野一口氣拓寬。

迪歐直視著滿月，高聲咆哮：

「嗷嗚嗚嗚嗚嗚嗚……」

宛如遠處的狼嚎。

現身的姿態是有著深暗夜色，野獸型的ＭＡ，既像是北歐神話中登場的「披著狼皮的戰士」，也讓人聯想到「芬里爾：地獄的大狼」。

『又是滿月啊。』

駕駛艙內響起T博士呼叫的聲音。

是來自戰艦北斗七星的通訊。

『目前這邊正全力搜索W教授的白雪公主。雖非本意，但擊退「黑翼」一事就交給你了。』

T博士的說法還是如往常般帶刺。

『你就試著證明看看，自己不是瘋狂的柴郡貓吧。』

迪歐的臉上早已不帶笑意。

「哼！我就發揮披著惡魔皮之狼的本領給你瞧瞧。」

『作戰代號是「BB作戰」。』

「了解。」迪歐雖然立刻應答，但又接著問：「真奇怪的名字，是有什麼意思嗎？」

駕駛艙的防風閘門突然開啟。

是由外部被解除上鎖了。

『據說是美女與野獸「Beauty and the Beast」。』

說話者是戴著防風鏡的卡特莉奴。

她擅自闖進駕駛艙並坐進後座。

「我也不能老是在『不可思議的國度』迷路嘛。」

「卡特莉奴？妳怎麼會在這裡？」

回答的人是T博士：

『卡特莉奴志願擔任導航士兼兵裝工程師，我准許了。要打倒黑翼，「宇宙之心」不可或缺。』

「別擅自決定！若要導航士，不是有跟我比較合得來的娜伊娜姊嗎？需要砲擊的話，無名氏還比較可信賴吧！」

卡特莉奴鎖上防風閘門。

「別這麼說嘛，出發吧。沒什麼時間了。」

通訊機的監視器上出現了娜伊娜．匹斯克拉福特。

『迪歐，對女孩子要溫柔喔。』

「這種事我知道啦！可是……！」

另一面的監視器則出現了特洛瓦．弗伯斯。

『狗狗，你要是有意見，就由我接手操縱士的位置。』

「誰要讓給你啊！」

迪歐推下發動操縱桿。

「夥伴是只屬於我的！」

芬里爾以驚人的速度衝刺。

「上吧！」

夜色的野獸以流暢而柔韌的動作加速，一瞬間便於平原馳騁而去。

芬里爾的移動速度，不是一般ＭＳ發揮得出來的速度。

就算使用ＭＤ「比爾哥Ⅳ」的高機動專用推進零件——肩部推進囊也無法追上這個速度。

聲。

更具特徵的是，就算維持著如此高速，也幾乎沒有發出驅動音。

各關節處均沒有發出機械運轉聲，四肢接觸地面時也絲毫未發出一丁點的振動聲。

這種靜音特性是非接觸型的驅動傳達系統的效果，不過給人的印象比起是機械方面有著高性能，不如說有著如野生猛獸般的俊敏。

與外表雄偉的巨軀相反，芬里爾幾乎讓人感覺不出體重。

能聽見的，只有在廣闊雪原奔馳時，風劃過的聲音；以及覆蓋芬里爾胴體的斗篷翻飛時，布料的微弱摩擦聲。

「好安靜……」

卡特莉奴眺望著無聲向後遠去的景色，悄聲說道：

「只聽得見風聲。」

雪勢雖已停下，但防風玻璃的另一側，白色結晶正隨風飛舞。

「雪好像也停了。」

「先別管那種事！」

迪歐不滿地詢問至今鮮少交談過的導航士：

「『黑翼』的動向呢？這個方向沒錯吧？」

「不必擔心……我讓那傢伙的位置同步投射在那個滿月上了。」

迪歐看向前方的紅色滿月進行確認。

（挺有一套的嘛。）

竟能將單純的幻像變得有利用價值。

迪歐認同了卡特莉奴作為導航士的才能。

「看來似乎萬無一失嘛。」

「是啊，畢竟我的能力也算很優秀。」

對話就此中斷。

迪歐對她的說話方式不以為意，不願再多作回應。

「那個……」

過了一會兒，卡特莉奴開口：

「若是無聊的話，我來唱歌如何？舒伯特的〈魔王〉怎麼樣？很符合現在的氣氛喔。」

「饒了我吧。」

「不然，莫札特的〈魔笛〉如何呢？要不要一起唱帕帕吉諾和帕帕吉娜的二重唱？」

「很不巧，我討厭二重唱（註：二重唱的日文音同「迪歐」）。」

也討厭自己這個自幼被呼喚的名字。

「而且我跟妳不一樣，沒有那麼高尚的興趣。稍微閉嘴好嗎？」

「真是意外，我以為你和我是同類呢。」

「同類？」

迪歐嗤之以鼻。

「妳和我完全不像！我們根本是美女與野獸的組合吧！」

「美女和野獸之間也沒有多少差異啊，頂多也就只差在外表吧？」

（竟然講這種話，還真厚臉皮。）

迪歐心想。

但兩人確實有著共通點。

和其他成員不同，這兩人都很多話。

「我只是想在戰鬥之前和你好好溝通啊。」

「要戰鬥的是我和我的夥伴！砲擊是由我來進行！」

卡特莉奴突兀地說：

「要不要把暖氣關小？開始流汗了。」

迪歐咂舌，擦掉額頭的汗水。

這架機體的「芬里爾模式」並未配備自動姿勢控制機能。

因為駕駛艙是三十多年前於「第二次月面戰爭」使用後就這麼保存至今。

為了於地形複雜的月面高速奔馳，無法搭配自動平衡裝置。

此外也歸因於當時的開發者喜歡手動操作的癖好。

雖然一部分是因為還不習慣，但迪歐光是要讓芬里爾跑動就很吃力了。

控制姿勢的操作步驟就超過了五十道，還要配合時機高速奔跑，更是需要高度的技巧。

（若是前輩[希洛]，這點小事大概能輕易克服吧。可惡！）

實在沒有餘裕能邊繼續操縱跑步，邊操作砲擊。

迪歐突然看向自己的手，又再次咂舌。

手一點也沒溼。

因為並沒有流汗。

（這傢伙居然消遣我！）

雖然生氣，但他更驚訝於卡特莉奴早已看穿他光是手動操作就分身不暇。

迪歐在腦中展開各式各樣的演練，最後總算想通。

一想到能從操控攻擊的麻煩中解脫，大概是多了點從容吧，總算能集中精神加速奔跑。

芬里爾像是與他相呼應，更增加了速度。

迪歐一邊讀取接連變化的地形數據，更進一步踩下推進器的踏板。

冰點下的風聲更加提升至高音域。

（原來如此，看來是這位大小姐更勝一籌。）

迪歐明白了，現在的速度才是夥伴原本的能力。

（現在不是無聊賭氣的時候。）

迪歐深呼吸，隨興地開口：

「我也是手在動作時，嘴巴會想講個幾句的類型啦……知道了，砲擊部分就交給妳吧。」

「看來我們彼此都有一心多用的技能呢。」

「那麼，妳已經記住後座的操作指南了吧？」

「當然，我正在努力記！」

由身後的氣息可以察知，卡特莉奴正在詳讀監視器播放的機體結構指南。

「妳真的沒問題嗎？」

「不，有一點我很不安。指令裡有很多我看不懂的字。」

監視器上顯示出「飛必衝天」一詞。

「哦，是四個字的奇怪文字吧？那個我也完全看不懂。」

那個指令似乎也可以由前方操縱席上操作。

「這是漢詩？還是四字成語什麼的？為什麼這個駕駛艙裡會顯示漢字？」

迪歐出聲打斷卡特莉奴的自言自語。

「有件事我從以前就很想問……可以問嗎？」

「可以啊。」

迪歐一面讀取複雜的地形，一面試著以諷刺十足的語氣消遣她。大概是想回敬剛才的「額頭流汗」。

「美麗的小姐，妳比較喜歡『王子』還是『小丑』？」

才一聽見這句話，卡特莉奴就笑出聲。

「你是什麼時候開始誤會的啊？」

「啊啊？」

「該不會打從一開始就誤會了吧？那迪歐或許也一樣不適合戀愛。」

「什麼……？」

「……我可沒有外表看起來那麼溫柔。」

「什麼意思？我誤解了什麼？」

卡特莉奴把身體探到前方迪歐的操縱席，小聲呢喃：

「迪歐才是『美女』，我是『野獸』。」

不知何時，卡特莉奴的手中已多出一朵紅玫瑰。

「我雖然自以為佯裝得很冷靜，但似乎被博士看穿了。」

她的表情，像在宣揚她也能辦到迪歐自豪的魔術。

「美女就是要配紅玫瑰吧？」

語畢，她將紅玫瑰插進迪歐夾克的胸前口袋。

「好了，狩獵時間到了！」

迪歐僅一瞬間瞥向身後。

卡特莉奴以快活的笑臉說：

「哥哥和米爾的仇，就讓我討回來吧！」

從她那防風鏡後的瞳眸，可以感覺到寧靜的怒火正在燃燒。

（原來如此，論動機的話，是大小姐比我更勝一籌啊。）

迪歐專心看著前方，集中精神操作奔跑。

（那眼神……無疑就是鎖定獵物的野獸的眼神。）

抽起胸前的紅玫瑰，擺在控制台前端。

（可是我哪裡像美女啊？）

一面心想，一面毫無滯礙地操作著複雜的手動操作。

（再說，我是男生耶！）

不知何時起，迪歐已習慣了操作，像是運動自己的手腳般操作著芬里爾。

——伊希地灣 沿岸——

遙遠的前方響起海鳴聲。

「差不多了吧。」

迪歐謹慎地小聲說。

「嗯。」

卡特莉奴同意他的意見。

可以很清楚地聽見拍打於海岸線的浪潮聲。

芬里爾抵達伊希地灣沿岸，於該地無聲地停下動作。

卡特莉奴壓低聲音：

「目標確認。」

黑色羽翼的飛翼鋼彈零式，飛翔於紅色的滿月中。

將放大瞄準鏡的分析影像在監視器上播放出來。

飛翼零式的外部幾乎無損。

只不過，胸前駕駛艙插著的銀箭令人在意。

（那樣是要怎麼操縱啊……）

飛翼零式改變方向，朝向這裡。

迪歐緊張地說：

「被發現了？」

「不，還沒有。」

飛翼零式似乎正集中精神搜索海面下的敵人，在空中拍動著黑色羽翼，緩緩下降高度。

「我們這邊好歹有『宇宙之心』和『奈米守衛斗篷』。」

雖說面積已縮至不到一半，但仍能十足發揮斗篷的效果。

此外，飛翼零式的「ZERO系統」應該也無法預料到魔法師變形成芬里爾。

而卡特莉奴的「宇宙之心」雖然不及W教授，但仍可以搶先「ZERO」一步行動。

這麼一來，應該至少可以先發制人。

迪歐說道：

「一定要一發就解決……或許會造成妳的壓力，但要是遭到反擊就玩完了。這傢伙的脆弱裝甲可實在承受不了那傢伙的巨型步槍。」

卡特莉奴冷靜地回答：

「還有，芬里爾的砲擊射程距離短到嚇人，而且也不能連射。」

「因為太過分特化高速移動了嘛。」

「像這種情況，比起速度更講求的是準確。不再靠近一點的話，很難命中。」

迪歐看著地形數據提議：

「雖然要繞點路，不過在伊希地灣有個突出的海岬很適合。從那裡跳看看如何？」

「了解。」

話語方休，卡特莉奴的肚子就發出空腹的「咕嚕」聲。

「怎麼在這種時候……對不起。」

她紅著臉低下頭。

「別在意。」

迪歐溫柔地笑道：

「這樣我反而變得能信任妳了。」

「為什麼？」

「因為我不信任『不會肚子餓』或『不會死』的傢伙。」

芬里爾無聲地開始動作，留下殘像轉變方向，一股作氣朝著海岬的斷崖絕壁加速。

——伊希地灣 上空——

凡恩・克修里納達從「ZERO」彈出的預測數據裡注意到了可疑的動靜。

「十分鐘後的戰鬥場地……交戰地圖由伊希地平原轉移至伊希地灣。雖然是理所當然……」

座標是目前「VOYAGE」正進行潛航的西北部海底，以及正在搜索墜落的白雪公主的戰艦「北斗七星」正停泊的南部海上兩個點。

凡恩的目標首先是殲滅「VOYAGE」，接著南下擊墜「北斗七星」。

這麼一來就幾乎不再有威脅了。

魔法師、普羅米修斯、舍赫拉查德也只需要各別擊破就能解決。

「無法接受補給的游擊部隊，根本不足為懼。」

唯一的問題大概就是試圖接近「VOYAGE」的兩架飛空艇。由大小來看，實在不像是搭載著ＭＳ。

兩架飛空艇應該分別載著從「巴別」逃出的希洛．唯，以及火星聯邦救出的莉莉娜．匹斯克拉福特，錯不了。

「可是為何那兩人要前往『ＶＯＹＡＧＥ』？」

凡恩以駕駛艙系統檢查了飛翼零式的各部位狀況。

得到的答覆是「ＺＥＲＯ」可以潛入海中追擊。

「那麼就早點解決吧。」

這麼說的凡恩，浮現從容的笑容說道。

——伊希地灣 沿岸——

飛翼零式將黑色羽翼收闔成圓錐狀，衝入了海中。

芬里爾奔至海岬的斷崖絕壁最前端。

但就在那一瞬間之前，飛翼零式已消失進海裡。

「可惡！遲了一步嗎！」

迪歐大喊。

可是卡特莉奴仍繼續為光束砲填充能源。

「不，時間很充裕。」

芬里爾模擬成蝙蝠翅膀的翼骨變形成光束鐮刀，化為光束砲的砲台。

若朝水中開砲，能源只會擴散開，得不到什麼效果。

「時間充裕……？」

「黑翼還會再浮出水面一次。到時候就瞄準哥哥射進的銀箭，以最大輸出發射光束砲。」

「那時候的『VOYAGE』會怎麼樣？」

「好像可以平安無事逃掉。」

「哦……『宇宙之心』可以預測到這麼多事啊。」

「跳躍的時機會是成敗的關鍵。拜託你了，迪歐。」

「包在我身上……不過妳要叫的話，就叫我芬里爾。」

卡特莉奴輕笑了之後，回應他的期望。

「明白了，芬里爾。」

——伊希地灣 西北部海底——

潛航的「ＶＯＹＡＧＥ」察覺到飛翼零式的接近。

「來了……距離，後方５００。」

提爾操舵手計畫得逞般地笑了。

堺艇長點頭，平靜地下令：

「投射一般深水炸彈，以及電磁共振深水炸彈。」

然後又立刻對提爾操舵手發令：

「全速前進！」

「遵命！腳底抹油逃命！」

其他的乘務員也遵從堺艇長的指示，拉下發射兩種深水炸彈的操縱桿。

「ＶＯＹＡＧＥ」開啟艦底，將十幾發電磁共振深水炸彈投進海底。

與此同時，將幾發附有限時裝置的一般深水炸彈安置在海底。

「ＶＯＹＡＧＥ」全力發動後部螺旋推進器，從當下位置急速朝東北部脫離。

電磁共振深水炸彈一接觸海底，瞬間就引起了大爆炸。

那與安裝在「白色次代」腳部的超電磁共振波產生裝置能製造出同樣的效果，使得堅硬的岩盤發生龜裂，直至地底深處都隨之振動。

爆炸的影響使得沉眠地底，這塊大陸棚地區一帶的「甲烷水合物（可燃冰）」裸露出來。

伊希地灣的海底猛烈竄出大量水泡，捲起劇烈的上升水流。

在過去無人探索火星的時代，人們曾經主張這顆星球上沒有甲烷，但那針對的只是大氣中的含量。

實際上甲烷卻有兩種，地下水脈中堆積著由火山熱生成的無機甲烷，以及因「歐羅巴藻」而結成的太古微生物的有機甲烷。

提爾操舵手利用海底地質探測器，鎖定出這些甲烷水合物的堆積地帶。

然後「ＶＯＹＡＧＥ」在其上方待機，直到飛翼零式接近。

甲烷產生了龐大的瓦斯，化成微粒子狀的可燃冰於海中擴散。

限時裝置啟動，點燃了一般深水炸彈。

海底爆炸。

飛翼零式一刻也承受不了。

被連鎖爆炸的激流吞噬，所有的機能都中止了。

*

在這之前，凡恩打從出擊起都從未動搖。

但此時他終於感到戰慄。

所有的探測器都顯示發生異常，監視器畫面也變得如一片風暴狀態。

「……嘖。」

他微咬著下唇。

在這個戰場的敗因，出在他沒能連特異點的地質都加以預測。

「ZERO系統」的預測也有其極限。

雖然能廣範圍預測戰略、戰術等人為的行動，但設計上並未能應對眾多的自然現象。

若是真的進行預測，也會造成演算處理速度異常緩慢，等到將龐大的數據回傳給駕駛員時，恐怕就已經太遲了。

此外，要想持續觀測所有的宇宙法則，幾乎等於不可能。

能夠全方位觀察一切的，就唯有一種存在。

凡恩此刻才察覺。

「『宇宙之心』正等在海面外。」

飛翼零式被爆炸的水流推擠而上，就要被這麼拋出空中。

凡恩等待著駕駛艙系統復原的那瞬間。

「到時就是一決勝負之刻了。」

——伊希地灣 沿岸——

卡特莉奴和迪歐從絕壁上緊盯著宛如沸騰的海面。

幾次咽唾，等待飛翼零式再次浮出水面的瞬間。

「來了！」

迪歐大喊。

一柱特別粗壯的水柱竄升，裡頭可以看見飛翼零式的機影。

卡特莉奴認定這是個機會，送信號給迪歐。

「芬里爾！」

「ＯＫ！」

迪歐控制著操縱桿，將推進器的踏板踩至輸出極限。

芬里爾從絕壁縱身一躍，一股作氣跳向水柱。

收緊羽翼的飛翼零式，旋轉著從水中現身。

在這種狀態下，駕駛艙裡的駕駛員不可能馬上就穩住平衡。

可是與預料相反，飛翼零式一邊控制著旋轉速度，一面緩緩張開黑色羽翼。

卡特莉奴以瞄準鏡鎖定了理應被銀箭刺中的黑翼。

「發射！」

看見駕駛艙的瞬間——

等待著那一瞬間。

零點幾秒後，飛翼零式完全張開雙翼。

旋轉速度更加徐緩下來。

被銀箭刺中的駕駛艙還沒有轉到這一面。

卡特莉奴不禁焦躁。

迪歐的腦中閃過不好的預感。

可是飛翼零式無疑正由背面轉向正面。

自由落體的芬里爾，與飛翼零式的相對距離逐漸拉遠。

終於看見了飛翼零式的胸部。

在圓球狀的「戰況分析球體」正下方，駕駛艙的艙門上刺著一支銀箭。

卡特莉奴覺得彷彿可以看見W教授的面容。

她一點也不猶豫。

卡特莉奴扣下扳機。

（拜託，哥哥，讓我射中吧！）

她祈禱般地心想。

芬里爾的肩膀發射出光束砲。

那是能夠確實命中的射線。

*

凡恩在機能完全復原的駕駛艙中恥笑。

「Nevermore。」

同時按下了巨型步槍的發射鈕。

他也同樣在等待——

——伊希地灣 西北部上空——

飛翼零式的巨型步槍釋出閃光。

光束與光束不可能相互抵銷。

兩者穿透彼此，射向各自的目標。

完全將成為兩敗俱傷的狀況。

可是在那一剎那之前，迪歐選擇按下了某個指令。

「渾蛋——！」

與其說是野性的第六感，不如說是「豁出去了」。

那個指令是——

「飛必衝天」。

「一旦飛起，必能至天」。

軀體各處的推進器開始噴射。

芬里爾於空中再次加速。

因此千鈞一髮地逃過了巨型步槍的廣範圍閃光。

芬里爾一面加速，一面褪去十個部位的裝甲。

輕量化之後，變形成了由翼骨噴射出浮力光束膜的飛行型態。

另一方面，芬里爾射出的光束砲射中的不是刺進飛翼零式的銀箭，而是不偏不倚命中了巨型步槍。

一陣大爆炸之後，飛翼零式的最強武器消失了。

但是機體本身並未受損。

迪歐確認這點之後，忍不住咂舌。

「可惡，到底是什麼樣的怪傢伙啊！」

「你用了那個指令呢。」

「啊……嗯嗯……情急之下就……」

「我終於知道那句漢詩的意思了……還有之前坐在這個位置上的人。」

「是誰？」

「一位叫作『龍妹蘭』的人，你知道嗎？」

「不知道。」

「算了，無所謂……好了，開始反擊吧。」

卡特莉奴選擇了監視器上標示的新指令「乾坤一擲」。

「辦得到嗎？」

「你看看那個。」

在芬里爾的四周，十具脫除的裝甲正並行飄浮著。

卡特莉奴露出可愛的微笑說：

「總共十具。這架機體若還是狼，那它們就是『七隻小羊』和『三隻小豬』吧。」

一面說著，她將新式的虛擬積體電路連上控制台，讓眼前出現鋼琴鍵盤。

「曲子果然還是選法蘭茲．舒伯特的〈魔王〉吧。」

「唱歌就免了吧。」

「光是演奏就分身乏術了。這首曲子意外地難呢。」

「那倒是無所謂啦，夥伴的武器呢？光束鐮刀和光束砲都沒辦法使用喔。」

「除了『超接近戰』以外，不用考慮其他的了。因為這架機體的武器就只有白金之牙。」

迪歐的眼神變得炯炯有神。

「哈！我不討厭這個方法！」

飛行的芬里爾和十具裝甲零件旋轉過身。

「名副其實是『乾坤一擲』。將命運交給宇宙，一決勝負吧。」

卡特莉奴開始演奏。

樂聲一響起，十具裝甲零件便展開了複雜的動作，並同時加速。

等在前方的是張開黑色羽翼，靜止於空中，抽出光劍傲然等待的飛翼零式。

——伊希地灣 東北部上空——

我的名字是凱西·鮑。

是隸屬於地球圈統一國家預防者火星分局的准校。

我們的飛空艇接近來到浮出海面的「VOYAGE」上空。

從這個距離，不必使用加密通訊也能直接對話。

「這裡是預防者『Water』。」

我報上了從母親那裡繼承的代號。

「VOYAGE，請回答。你們那邊平安嗎？張老師清醒了嗎？」

監視器上現身回應的不是堺艇長，而是我那總是一臉不悅的長官。

『凱西·鮑准校……這艘船搭起來感覺糟糕透頂。』

『平常不是這樣的。』

老師的身旁傳來堺艇長的聲音。

『那麼……找我有什麼事？』

「換麥斯威爾神父通訊。」

我還沒說完，神父就探身到了監視器前。

「五飛！我現在馬上就需要『龍妹蘭』的數據！『傑克斯檔案』裡有關她的紀錄被剔除了！」

神父概略解釋了至今的經過。

光是這樣聽，大概什麼都搞不懂吧，老師卻點頭回答：「就知道會這樣。」

『所以我就說了，很危險……我打從一開始就不指望你。』

「別說廢話了，快告訴我！『妹蘭』的紀錄在哪裡？你有吧？」

『我看起來像那麼優柔寡斷的男人嗎……我和被女人甩了的你不一樣。』

被這麼一說，神父才恢復平時的冷靜。

「是啊，真抱歉啊……很遺憾除了你以外，我想不到『哪吒』還有其他哪位駕駛員。你知道還有誰嗎？」

『……』

老師的臉色還是同樣不悅。

或許是在拚命思考該說什麼回敬吧。

這兩人只要一碰面，就會像小孩子般互相挖苦。

但感覺似乎也是藉此找到自己原本該守著的立場。

神父和老師有好一陣子瞪著彼此，最後監視器的另一端先開口了。

『哼，需要的是「那個時代」的記憶吧？既然如此，應該還留在機體的副駕駛艙控制台才對。』

老師的視線轉向一旁。

是在看別的監視器。

『現在正在戰鬥啊……』

「正在戰鬥？你指的機體該不會……」

『是Warlock……』

神父感到驚愕。

「為什麼設在那種地方？」

『別問我。只是負責開發的人偷工減料吧。』

負責開發魔法師的是W教授。

目前那架機體變成了「芬里爾」，正與黑色羽翼的飛翼零式展開空中戰。

結果神父在最壞的時機下達了解除限幅器的指令。

但他看起來一點也沒有動搖，語氣平靜地告訴我：

「凱西，現在馬上下達命令，叫那個笨兒子歸航。」

「可是……」

在我遲疑時，神父一度打住，接著再次向我確認：

「我下令的任務是護衛『ＶＯＹＡＧＥ』。既然如此，任務就已經完成。絕對不是和黑翼交戰。我有說錯嗎？」

「……是的，你說得對。」

我遵照吩咐，連上與「芬里爾」的通訊線路。

沒有回應。

畢竟在交戰中，這也難怪。

「……給我一下。」

神父從我手中搶走通訊器。

深呼吸一口氣，接著大聲怒吼：

「從那裡撤退，笨兒子！任務全都結束了！」

『恕難從命。』

回答的是卡特莉奴。

同時並聽見了充滿緊張感的鋼琴演奏。

神父大概也沒預料到她的出現，對於失態大吼一事，看似有些不好意思。

卡特莉奴眼神認真地說：

『演奏再兩分鐘就結束了，不能撤退。』

神父配合著她沉靜的語氣，繼續說：

「這不是商量，而是命令。」

『請統整一下指揮系統。T博士下的命令是——』

神父打斷卡特莉奴的話。

「發生了緊急狀況，理由之後再說明。目前的最優先事項是將那架機體平安無損地帶回來。」

畫面切換，他的兒子氣勢洶洶地說：

『嘿，臭老爸！現場的判斷就交給我吧！我們可是賭命在工作耶！別老是要我們配合你們的狀況！通訊結束！』

監視畫面被單方面切斷。

我戰戰兢兢地窺視神父。

以為他大概會氣得臉頰發抖。

但令人訝異的是，他的表情看似心情很好。

「嘿……居然講這麼囂張的話。」

他的嘴角浮現滿意的笑容。

「既然如此，就讓我見識見識吧……流浪狗的戰鬥模樣！」

聽了他的話，我不禁慌了。

「萬一他們被打敗，那麼機體的資料——」

我說出實在難以自腦海揮去的不好預感。

「——希洛和莉莉娜的記憶就無法復原了啊。」

「那傢伙不會被幹掉。」

神父眼神望著遠方。

「他已經決定要活下去了。」

那眼神看起來，也像是個守候兒子的溫柔父親。

就在此時，身後突然傳出後部閘門開啟的聲音。

我一時之間還以為是希爾妲．休拜卡逃跑了。

但希爾妲仍悠哉地坐著，茫然地眺望閘門的方向。

神父語氣沉著地詢問：

「剛才出去的是……？」

「對……是依然沉睡的『睡美人』。」

希爾妲平淡地回答。

「明明記憶就沒恢復，他還真敢呢……不過若站到戰場上，比起你來，他應該更有用得多吧。」

「希洛是以自身的意志行動吧？」

「是啊……他的意識雖然還未覺醒，肉體則似乎已完全清醒了呢。」

「……那個傢伙。」

在這種狀況下，希洛好像早已察覺到了什麼，而烙印在他體內的「戰士的第六感」決定了他的下一項行動。

「以前特洛瓦失憶時也曾經說過……說『身體還有記憶』。」

——伊希地灣 西北部上空——

波濤洶湧的海面，總算恢復了平靜。

黑色羽翼的飛翼零式，以及飛行型芬里爾的空中戰鬥依然繼續。

卡特莉奴也仍持續著演奏。

十具裝甲零件由各種方位發動光束攻擊，飛翼零式的行動半徑漸漸縮小。

但是「ZERO系統」一一出招突破了困境。

拓展的黑翼，彈性地時而防禦時而攻擊，擋開靠近的裝甲零件。

無論再怎麼被一波波連續攻擊逼到絕路，飛翼零式都會靠著減速、加速將他們玩弄於股掌，一找到逃脫之路便瞬間移動到有利的位置，發射肩部火神砲反擊。

從那反擊的動作中，隱約能窺見其舉止的獨特與優雅。

芬里爾果敢地想挑戰接近戰，但飛翼零式的光劍早已擺好姿勢等待，完全沒機會衝進敵人下懷。

如此的空中戰，令人聯想到過去的鬥牛與鬥牛士。

無論戰鬥力、飛行速度、迴旋性能都是飛翼零式更勝一籌。

雖然不想承認，但駕駛員的操縱技術也比迪歐優秀。

就算是迪歐，在這場空中戰也實在難掩疲勞的神色。

若是挨上飛翼零式的反擊，哪怕只是稍微一點，這架機體就將支離破碎。

迴避行動講求更纖細的操縱技術。

迪歐的精神已逼近極限。

（可惡，夥伴還能飛多久啊？）

飛翼零式的迴避動作，已將他的自尊心踐踏得殘破不堪。

但是迪歐具備足以克服這種焦躁感的強韌精神力。

（要是我在那之前，內心就受挫而跌到谷底，就什麼都做不了了。）

「加油吧，夥伴！」

他鼓勵著自己和自己的機體。

「魔王」的演奏來到了中段的高潮。

卡特莉奴優雅地操作虛擬鍵盤，冷靜地說：

「我看透那傢伙的行動模式了。下一次攻擊應該就能夠定輸贏。」

「只要能想辦法對付那傢伙的光劍，就可以拔出銀箭了！」

一旦駕駛艙裸露，駕駛員——凡恩應該就再無法像至今那般無敵。

卡特莉奴同意這點。

「那是最有效的方法。但若是那樣，飛翼零式一定會駭入裝甲零件的控制台。」

「……果然還是會來那招。」

「嗯……不過到時候他應該會一瞬間有機可乘。我們就預定在那零點幾秒之間實踐『乾坤一擲』。」

她打算把手中的棋子都給對手。

「明白了。」

迪歐擦拭額頭的汗水。

這次手確實溼了。

「嘖……」

他雖然冷靜，但也很緊張。

控制台發出高亢的警報聲。

能源殘量已進入紅色警戒線。

監視器上至今微小顯示的限幅器被放大了幾倍，由「100：00」開始倒數。

單位不是「minute（分鐘）」，而是「second（秒）」。

機體的各處機關都顯示「超過維持極限」。

＊

凡恩在「駕駛艙」中不發一語地持續戰鬥。

麻煩的是在飛翼零式四周縱橫飛舞，自由來去的芬里爾的裝甲零件。

由那敏捷的動作，一眼就可看出不是自動操作。

八成是擁有「宇宙之心」的卡特莉奴在操控吧。

「只能把那個控制權搶來了，不過——」

在演奏的期間，想要駭入幾乎是不可能。

「——因為她很優秀呢。」

凡恩於至今的戰鬥，總是先與敵手的駕駛艙通訊，以言語誘使敵人動搖而搶得心理上的優勢。

但卡特莉奴不給他機會。

無論呼喚幾次都沒有回應。

「或許比他的兄長持有更優良的『宇宙之心』。」

同時他也讚賞了遠處傳來的鋼琴演奏：

「演奏也很了不得。」

＊

演奏快要結束了。

對飛翼零式的最終攻擊開始。

儘管如此，飛翼的動作遠比預想中更靈敏。

光劍同時進行防禦與攻擊，持續閃躲過裝甲零件射出的閃光。

而對於好幾次試圖接近的芬里爾，更是毫不怠慢牽制的身段。

迪歐咬牙等待著發動特攻的機會。

若就這麼以正攻法進攻會變成光劍的犧牲品，是再清楚不過的事。

幾乎等於沒有裝甲的芬里爾，鐵定會被一刀兩斷。

（只要能有機會……就算只有一瞬間也好，如果能封住它的行動……）

迪歐幾乎像在祈禱。

如此苦戰的經驗，這還是第一次。

被強迫處於壓倒性的劣勢，總覺得心情上大受挫折。

（開什麼玩笑！我才不會輸！我已經決定要活下去了！）

正當他內心深處如此振奮自己時——

『真是了不起，我對你們的戰鬥姿態獻上敬意。』

凡恩的聲音在芬里爾的駕駛艙響起。

『但有一件事，我無論如何都想請教。』

卡特莉奴與之前同樣不予理會，持續鋼琴演奏。

凡恩毫不在意地開始發問：

『為什麼要如此有勇無謀地挑戰？』

「因為活著！」

迪歐說出心聲。

「和你不一樣！」

『那我換個問題。為什麼活著？』

卡特莉奴敲完最後的琴鍵，回答詢問：

「我──」

同時虛擬鍵盤消失。

「──我的生命在宇宙當中也算是微不足道的那一類。所以我會為了他人的幸福而活。因為不想看到有人悲傷，所以我選擇了戰鬥。」

『原來如此……』

凡恩如此說著，聲音彷彿包含著嘲笑：

『妳很喜愛妳的兄長吧？似乎為了掩飾自己的軟弱而相當勉強自己。』

「我現在不否定這一點。」

限幅器倒數進入六十秒。

「我非得堅強不可！為了打倒像你這種傲慢的傢伙！」

『哦？』

凡恩似乎想接著說什麼，但被迪歐打斷。

「然後你下一句會說的話就是──」

凡恩平靜的聲音與迪歐的吼聲同時響起。

『辦得到的話，就試試看吧。』

「辦得到的話，就試試看吧！」

裝甲零件的光束砲發出的幾道閃光，一齊朝飛翼零式發射。

集中攻擊握著光劍的右臂。

握於其掌中的光劍的握柄部分爆炸，噴發光束的機能中止了運作。

「就是現在！」

芬里爾以猛烈的速度進攻。

但飛翼零式從容地擺出備戰姿勢。

突然間，裝甲零件的攻擊轉向芬里爾。

那是「ＺＥＲＯ系統」從卡特莉奴手中奪取了控制權的結果。

果然「三隻小豬」和「七隻小羊」，命中注定會與狼敵對。

放射狀的閃光襲擊芬里爾。

芬里爾刻不容緩地衝上天空。

同一時間，飛翼零式的動作卻慢了下來。

要同時控制裝甲零件和原本的機體，是幾乎不可能辦到的操作技術。

這就是卡特莉奴所說的「一瞬間有機可乘」。

可是就算在這種情況下，飛翼零式依然遠比一般的Mars Suit靈敏。

高速飛行的芬里爾鋸齒狀地曲折飛行，進一步持續加速，好幾次反覆使出假動作玩弄對手，最後終於飛近了飛翼零式的軀體。

（衝進它的下懷！那個鐵壁般防禦的內側！現在衝得進去！）

迪歐可謂執著地鞭策操作，接近了飛翼零式的駕駛艙。

（進來了！露出獠牙吧，夥伴！）

彷彿呼應般，「芬里爾」咆哮。

零距離戰鬥開始。

那一瞬間，時間的流逝十分緩慢。

野獸的白金之牙，拔出了刺進駕駛艙的銀箭。

飛翼零式與芬里爾——兩者擦身脫離的瞬間。

迪歐和卡特莉奴看著飛翼零式激烈迸發火花的駕駛艙，確認了一件令人驚愕的事實。

那裡面沒坐著任何人。

無人的駕駛艙裡，操縱桿和各種拉桿擅自地動作。

那光景猶如幽靈在操作般詭異。

「果然跟我想的一樣，那傢伙沒有坐在這架機體裡！」

「是從位在別處的駕駛艙裡遠距操作，是吧！」

＊

AC195的「EVE WARS」時，桃樂絲·卡塔羅尼亞曾經從戰艦天秤座遠端操作數百架MD進行戰鬥。

凡恩操縱飛翼零式的方法也與那相同。

位於遠處的寬敞駕駛艙操縱席裡，凡恩輕笑道：

「被發現了啊。」

澄澈的翠綠色雙眼卻沒有笑意。

「或許違反了騎士道精神，但反正我原本就沒有靈魂嘛。」

＊

芬里爾叼著銀箭剛從飛翼零式身上脫離，化為敵人的裝甲零件就發動了光束攻擊。

迪歐傾注其具備的所有技術閃躲攻擊。

「接下來怎麼辦？要怎麼跟一架無人機打啊？」

「能再一次接近它嗎？」

「在這種狀況下？」

殘餘時間剩四十秒。

若要再度接近，就只能使用所有的殘餘能源垂直上升，然後自由落體了。

（夥伴，辦得到嗎？）

控制台的顯示燈比往常更加刺眼地明暗閃爍。

機體停止的倒數剩三十秒。

迪歐一面在驚險邊緣閃躲著閃光，一面說道：

「ＯＫ，包在我和夥伴的身上！」

「就拜託你了。我有個點子。」

「點子？」

將操縱桿固定在垂直上升的位置，迪歐回問：

「妳打算怎麼做？」

「我要移到黑翼的駕駛艙。」

迪歐不禁倒抽一口氣。

就算火星的重力只有地球的三分之一，那無疑也是有勇無謀的行為。

「然後按下那架機體的自爆裝置。」

卡特莉奴重新戴上防風鏡，一派從容地說。

態度輕鬆得彷彿只是要去餵食小貓。

「自爆裝置——」

迪歐掩不住驚訝，再次確認她的決心。

「——妳想死嗎？」

「請你祈禱不會變成那樣吧。」

卡特莉奴可愛的語氣中，毫無緊張感。

「而且我也還想再見到『王子』和『小丑』嘛。」

迪歐只稍微回頭看了她一眼。

防風鏡底下，她的雙眸比平常更加熠熠生輝。

「呵……」

迪歐笑了。

「我才不祈禱呢，因為我才不相信什麼神。」

「我也一樣。」

此時——

顯示燈停止了倒數。

飛行能源的殘量已完全耗盡。

芬里爾開始自由落體。

但並不是垂直倒頭掉落。

而是預測了風的流向而減速並迂迴控制著，如滑翔機般的飛行。

在這期間，淪入敵人之手的裝甲零件也依然持續攻擊。

迪歐靈活地左右晃動機體，穿過光束與光束之間的空隙。

在地上熟悉過控制姿勢，此時在掌控方向滑翔下降時微妙地派上了用場。

芬里爾乘著風，描繪著螺旋，將機體傾成近乎水平的狀態，接近飛翼零式。

那是無聲的滑翔。

奇妙的飛行，彷彿空間本身就著了魔法。

進一步發動「乾坤一擲」的瞬間逐漸接近。

卡特莉奴解除防風玻璃的鎖，玻璃便大大開敞。

置於控制台的紅玫瑰被風捲飛。

這裡已經沒有美女了。

兩頭野獸（Beast and the Beast）咬住獵物的咽喉，準備給予致命一擊。

卡特莉奴將背上裝備的簡易降落傘的繫帶繫緊，而後站起身。

「我去了！」

那蘊含著決心的聲音被狂風吹散，沒能傳到迪歐耳裡。

飛翼零式的駕駛艙已來到眼前。

『——Nevermore——』

狂風的吹颳中，彷彿可聽見凡恩如此說。

「隨你去胡謅吧！就是因為辦得到，我們才要去做！」

迪歐吶喊。

那一瞬間，火神砲釋放攻擊。

飛翼零式的肩部火神砲開火了。

對於一心只顧著追蹤光劍軌跡的迪歐而言，這是一發意外的攻擊。

「使出壓箱絕活了嗎！」

在這種情境下，原本就算被嚇破膽而驚慌失措也不稀奇。

但是迪歐的精神相當集中。

（才這點程度，你可要撐住啊，夥伴！）

他確實看清了火神砲的彈道。

機體在迪歐的操作下左右搖擺，成功閃過了那些砲彈。

像是要告訴自己般，他的內心吶喊。

（你一定沒問題！攻進去讓人瞧瞧！）

即便如此，還是有幾發砲彈命中了芬里爾的各部位。

爆炸的閃光、振動及暴風同時在駕駛艙的近距離發生。

就連這種情況，卡特莉奴也絲毫不為所動，悠然地站著。

迪歐咬緊牙根心想。

（可以的！你一定可以！）

這樣的想法是對於芬里爾，還是對於卡特莉奴呢？

她扣下了鋼鎖發射器。

前端的磁鐵固定在飛翼零式的機體上。

在尚未進行確認之前，卡特莉奴就飛出了駕駛艙。

「可別死了啊，卡特莉奴！」

迪歐此刻才初次叫了她的名字。

卡特莉奴飛躍穿梭於肩部火神砲的槍林彈雨之間。

她的精神也相當集中地足以看清彈道。

在暴風中，迪歐的叫聲大概也會被抵銷，沒能傳達給卡特莉奴吧。

幸運的是，飛翼零式的肩部火神砲彈藥已經用罄。

不，畢竟是卡特莉奴，搞不好她打從一開始就在計算火神砲的砲彈數了。

她衝出去的時機就是如此絕妙。

（真是我辦不到的特技啊……）

迪歐再次感嘆於卡特莉奴的能力。

周圍剎那間恢復寂靜。

卡特莉奴按下收捲鋼索的按鈕，對著飛翼零式無人的駕駛艙大喊：

「和我相同的人或許在世界上到處都是，但是我就只有自己一個！因為無可替

代，所以我的存在絕對有其價值！」

委身於三分之一的重力，卡特莉奴優雅地移座到飛翼零式。

飛滾進駕駛艙，然後就這麼直接按下了控制台側邊的自爆裝置。

這個自爆裝置連接到與所有鋼彈都通用的機械式迴路，雖然能夠以遠端操作，卻沒有設置避免遭爆破的迴路。

凡恩要是連此一事態都已預先想到，恐怕早已切斷爆破迴路了。

但最後這只是杞人憂天。

自爆裝置正常地開始運作。

「太好了……」

飛翼零式的各處開始閃爍著紅光。

當機體整體都釋放出閃光時，卡特莉奴滿意地微笑，躍出那個半毀的駕駛艙。

打開簡易降落傘的時機還未到。

「不過，我所能感受到的『宇宙之心』只到此為止了。」

放眼底下遼闊的伊希地灣，已到處不見那架芬里爾的蹤影。

＊

凡恩望著監視器上顯示出無法連接。

「原來如此，這就是所謂敗北啊。」

脫下操縱專用的皮革手套，將其丟到一旁。

「我首次體驗到的敗北……」

造成這場勝敗的分歧點的理由為何？

應該既沒掉以輕心，也沒有預測失誤才對。

敵人的攻擊起點是W教授，而卡特莉奴捨身做出決定性的一擊，為這場戰鬥定出了勝負。

凡恩的敗因，就是將這兩場戰鬥分別進行分析與思考。

「被兩人的攜手作戰給打敗了呢。」

他沒有料想到，那支「銀箭」的作用在於布局。

就算前半戰與後半戰的敵人交替了，也應該以一個整體下去判斷才對。

很明顯是凡恩的失誤。

「宇宙之心」早就已經設想飛翼零式的駕駛艙裡面沒有人了嗎？

若是如此，就遠遠凌駕於凡恩對於大局的判斷了。

「那對兄妹真不可小覷。」

不過，他的表情卻絲毫未見感到屈辱的神色。

「嗯，還不賴。一點都不壞嘛。」

凡恩將手伸向置於控制台的藍色紙鶴。

這是飛翼零式降臨伊希地平原之際，與「天堂托爾吉斯」的米爾·匹斯克拉福特遭遇時所摺的。

當時他自稱是「ＯＺ的創辦者」。

在遙遠的記憶彼端，他想起特列斯·克修里納達的容貌。

凡恩注視著藍色紙鶴並自嘲：

「總覺得多少能理解哥哥想成為敗者的心情了呢。但是——」

自操縱席起身，從點著照明的寬敞駕駛艙揚長而去。

「Nevermore——不會再有第二次了。」

操縱席的控制台上，放著被揉成稀爛的藍色紙鶴。

＊

黑色羽翼的飛翼零式於空中爆炸。

那模樣令人聯想到在昏暗之中發出瀕死慘叫的渡鴉。

卡特莉奴的背上，承受著爆炸的爆風。

在盤旋的爆風翻弄下，她朝著伊希地灣掉落。

簡易降落傘於半途撐開。

望著眼下寬廣而灰色的伊希地灣，然後發現了早先一步墜落中的芬里爾的身影。

被砲彈命中的各處噴出黑煙，描繪出軌跡。

「任務失敗了呢。」

卡特莉奴低喃。

沒能遵從神父「把機體平安無損帶回」的命令。

若是就那麼墜落而沉入海底，無可倖免會造成致命的機體損傷。

迪歐逃出了駕駛艙。

「或許失敗了，但能盡的事都做囉。」

他的手中握著旋轉式降落用的推進器。

前端噴射出噴氣，以直升機的概念旋轉著朝卡特莉奴的方向接近。

如今已無人的芬里爾畫出不規則的弧線墜落。

卡特莉奴輕喃：

「妹蘭小姐，得救了，這都是託妳的福。」

迪歐也同樣說：

「夥伴……我馬上會去救你。」

對他而言，沒有與愛機一起殉情的選項。

因為迪歐已經決定要活下去了。

「就算要抽乾這些海水，我也一定會找出你……請等我到那時候，夥伴。」

他向逐漸墜落海面的芬里爾短暫告別。

失去控制的裝甲零件率先沉入了海中。

這時候，自東北方有機體以驚人速度接近。

迪歐不禁訝異，會是新的敵人嗎？

不過戴在耳朵的對講機馬上就收到了卡特莉奴的聲音。

『是自己人。看樣子是來接替我們繼續進行任務。』

是尚有幾處破損未修復的天堂托爾吉斯。

不顧飛行姿勢還不穩定，筆直地朝著墜落的芬里爾而去。

「是王子嗎？」

迪歐單純地心想。

『不，不是米爾，他不會把姿勢駕駛得那麼勉強。』

天堂托爾吉斯急遽地順時鐘迴旋，滑向芬里爾的下方。

『看吧，如果是米爾，左撇子的他會逆時針迴旋。』

在芬里爾幾乎快擦上海面時，被天堂托爾吉斯撈起。

對講機傳來別的聲音。

『任務……完成。』

迪歐瞬間理解。

「我知道是誰在裡面駕駛了……謝謝你救了夥伴啦，前輩（希洛）。」

緩緩降落的兩人頭上，出現了大型的飛空艇。

這架機體是從東北方而來。

夾帶著雜音的通訊闖進耳裡。

『還活著嗎，笨兒子。』

是神父的聲音。

「怎可能死啊，臭老爸。」

話聲剛落，突然換令迪歐懷念的女性聲音響起。

『講話還是老樣子沒禮貌呢。把你交給神父，真是錯誤的決定。』

「是修女嗎……」

就算是迪歐也不免大為驚訝。

「為什麼修女會跟臭老爸在一起？」

『我被搶了啊。』

希爾妲的聲音聽來雖不滿，但也像是在笑。

『絕對不是因為男女之情喔。』

迪歐和卡特莉奴被大型飛空艇回收，然後直接與「ＶＯＹＡＧＥ」匯合。

＊

「真是的，這麼一來我們的作戰就結束了。」

神父在「ＶＯＹＡＧＥ」的艦橋鬆了一口氣地笑著說。

的確，我們手邊「莎莉·鮑」和「龍妹蘭」的記憶都齊了。

這麼一來，就能夠完成完整的「傑克斯檔案」，讓希洛和莉莉娜的記憶恢復。

此外也收到了T博士的報告，戰艦「北斗七星」在伊希地灣南部找出了沉進海底的「白雪公主」，平安回收機體。

雖然駕駛的W教授昏迷不醒，但生命安全無恙。

戰艦「北斗七星」直接前往伊希地平原回收「紅心女王」、「普羅米修斯」、「舍赫拉查德」三架機體。

可是光是這樣，真的稱得上「作戰結束」嗎？

在那個戰場，拉納格林共和國的移動要塞「巴別」依舊幾乎毫髮無傷地備戰著。

戰爭才剛開始——

（第十一集待續）

後記

我在「VOYAGE」第一杯都會點Laphroaig的氣泡酒。這間店的Laphroaig的酒瓶不太一樣，那不是以日本人喜愛的成分比例下去調配。是由歐美進口，而不是日本國內經常可以見到，經由亞洲大陸進口的那些。因為實在太美味，我總會一飲而盡，然後第二杯又再點一次。第二杯會有著溫醇的香味，讓我又再次享受到不同的美味。我向艇長兼老闆的堺先生詢問：「這酒裡下了什麼工夫？」但他總不會回答我，而只會微笑著說：「只要提供的東西能讓客人喝不膩就足夠了。」

那麼該聊聊，問題點的凱西・鮑耳朵上戴的紅寶石耳環。

若要問這是什麼時候就有的設定，其實在這部《Frozen Teardrop》的第一集第四十七頁，あさぎ桜老師的插圖上就已經有畫出來了，竟然還是月刊《GUNDAM ACE》連載剛開始的第二回。各位讀者當中，應該會有人心想「在哪裡？我來確認看看」，結果一看卻發現「這是黑白印刷，誰看得出是紅還是黑啊？」而生氣吧。生氣是理所當然。但是，あさぎ老師畫成的彩圖上，凱西確實有戴著紅色的耳環。要是懷疑的話，可以看看ＴＶ動畫藍光ＢＯＸ２的影像特典——靜畫劇場「接下來的戰役（次代戰爭）」就能夠確認了。咦？突然覺得有點不安，回頭看了一下以前的凱西的插畫，結果，哎呀哎呀……全都是黑白畫面。唔哇～換句話說，呃……這個那個，紅色耳環這個設定只有僅僅少數幾位看過靜畫劇場的人，以及包括我在內看過あさぎ老師彩色原稿的人才知道了。這樣實在很像是我之後想到才追加上去的耶，真抱歉。

儘管這樣，對於被選上能夠鑑賞這張美妙插畫（已堪稱到達藝術畫境界）成品的少數人之一，我著實感到至高無上的幸福與喜悅。

あさぎ桜老師每次的彩稿顏色都十分美麗而鮮明。礙於雜誌刊登的關係，實在很難印成彩色，沒辦法讓讀者們看到，真的是非常遺憾。

有一次我跟編輯要求說：「難得あさぎ老師畫了彩稿，不是每次都應該印成彩頁才對嗎？不，至少只有封面也好！」結果只得到：「關於這點實在是……」這種曖昧的回答。或許我不該在抱怨中加進「與其把T氏的對談做成彩色」這樣的話。我這個人真是太不懂分寸了，總是說如此多餘的話，感覺每次都在跟自己過不去。

「あさぎ老師知道下一次的頁面是黑白點陣印刷嗎？」我如此詢問編輯，對方回答：「當然。可是あさぎ老師卻說要畫成彩色。」

我對於插畫的工作不甚了解，但是知道上色是非常麻煩的作業。以前拜託あさぎ老師繪製《Endless Waltz》的小說版插畫時雖然是黑白插畫，但就已經是十二萬分地美麗了，也毫不偏倚地表現出了角色的纖細。

非常忙碌的人氣繪師あさぎ老師不惜耗費工夫，而且明明稿費應該也不會變多（大概！）卻毫不妥協，為何她是如此地想讓這部《Frozen Teardrop》呈現出豐富色彩呢？

是有著月刊雜誌尺寸上的考量嗎？或者若要更深入表現出角色們的造型，這是必要的嗎？我還沒有詢問過她理由。

我從堺先生那裡聽說過，某個超一流的壽司師傅會下工夫，在烏賊的生魚片上切出縫來，在裡頭灑上微量的鹽。聽說這樣能讓新鮮烏賊原本的甜味和美味濃縮昇華，吃起來會變得非常可口。不過客人們見不到壽司師傅進行這項作業的模樣，生魚片幾乎會就這麼不為人知地被吞下肚。客人們的反應只有一句「好吃」而已。根據師傅的說法，似乎這樣就足夠，就滿足了。若是我的話，八成就會說出「用的是哪邊哪邊產的岩鹽～」或「這是什麼什麼灣生產的礦物鹽，搭配烏賊最合適了」之類的話吧。或許高尚且貫徹專業的專家，就是這樣呢。

飾演莎莉・鮑與其女兒凱西的冬馬由美小姐也是位專業的演員。久違地與冬馬小姐於《Endless Waltz》藍光ＢＯＸ特典的ＣＤ廣播劇「預防者５」以及上述的靜畫劇場再次相見。無論是對角色的詮釋也好，獨特的時間掌握也好，甚至台詞的節奏，依然同樣以完美的演技展現出了「專業的巧技」。回想起來，從《七龍珠Ｚ》或《神通小精靈》的時候開始，冬馬小姐就是一位能夠輕鬆而完美詮釋所飾演角色的專家了。像莎莉這麼久遠以前的角色，就算現在再次飾演也重現了當時的模樣。一般人大概不小心就會把她那自然的演技當作是理所當然，但我認為恐怕她絕對是擬定了好幾十種方式，私底下費過一番心力才得以現場立刻做出應對。讓我也不禁挺直背脊，覺得自己也要好好振作才行。話說回來，冬馬小姐在錄製完ＣＤ廣播

後記

劇之後，笑著說：「隅沢先生，我很努力了唷！」我則是一個勁兒地向她道歉說：「嗚哇哇哇，對不起！」這次冬馬小姐的台詞特別長，旁白、專有名詞也特別多，而且又盡是一堆片假名，比起其他演員的負擔更重。當然冬馬小姐不是會隨意說那種話的人。包括前一次的靜畫劇場在內，老是如此地依賴冬馬小姐，真是非常地過意不去。今後在台詞的分配上我會更多費點心思。要是莎莉人在這裡，她一定會這麼說吧：「想辦法不變成那樣是你的工作不是嗎？」

總之不管怎樣，這部《Frozen Teardrop》終於也出到第十集了。這都多虧了各位讀者們，非常感謝你們。書衣封面上的凡恩既威風凜凜又可愛，黑翼也既散發著不祥氣氛又帥氣。

看著這個我立刻就有了個想法。我向編輯說：「果然還是想讓所有的插圖以彩色的形式讓大家看看！出一本あさぎ桜老師的畫冊嘛！」結果編輯回答：「等到連載結束吧。」什麼嘛，原來最罪該萬死的人是我啊，哈哈哈。

那麼，讓我們在第十一集的後記再會。

隅沢克之

新機動戰記鋼彈W 冰結的淚滴

10 邂逅的協奏曲（上）

作者 隅沢克之
插畫 あさぎ桜（角色繪製）
MORUGA（機械繪製）
機械設定 KATOKI HAJIME
石垣純哉
原案 矢立肇・富野由悠季
協力 中島幸治（SUNRISE）
高橋哲子（SUNRISE）
宣傳協力 BANDAI HOBBY事業部
顧問 富岡秀行
日版裝訂 KATOKI HAJIME
日版內文設計 土井敦史（天華堂noNPolicy）
日版編輯 角川書店
石脇剛
財前智広
長嶋康枝
森野穣
折笠慶
松本美浪

Kadokawa Light Novels

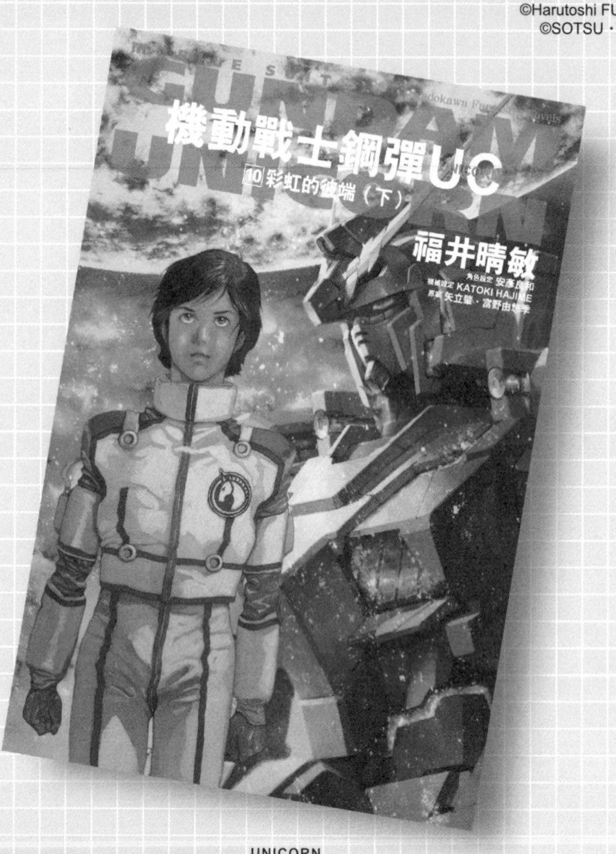

機動戰士鋼彈UC（UNICORN） 1~10（完）

作者：福井晴敏　插畫：安彥良和、虎哉孝征

在可能性的地平線彼端，衝擊性的發展──
嶄新的宇宙世紀神話，在此堂堂完結！

受「獨角獸鋼彈」導引的漫長旅途終於走到盡頭，巴納吉和米妮瓦總算到達「拉普拉斯之盒」所在地。他們意圖將真相傳達給大眾，然而假面之王弗爾・伏朗托再度阻擋在他們面前。如今，圍繞「盒子」的一切恩怨糾葛，即將面臨清算的時刻……

各 **NT$180~200/HK$50~55**

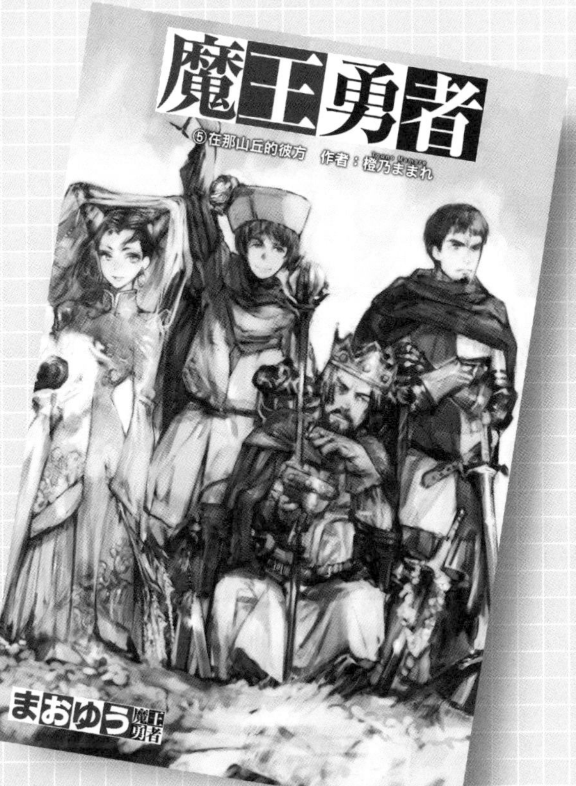

Kadokawa Light Novels

驚爆危機ANOTHER 1~7 待續

作者：大黑尚人　插畫：四季童子

不屈不撓的SF軍事動作小說，
現在專心一意！

達哉在喀爾巴阡山脈的戰鬥中射殺了旭，並受扳機的沉重感所苦。而在失去最愛的弟弟後，菊乃也在孤獨中面對自身的脆弱。只是，無視於少年少女們的苦惱，世界開始朝危險的方向轉動。在這動盪不安的前兆中，D.O.M.S.所得到的新力量是——？

各 **NT$180~190/HK$50~58**

台灣角川

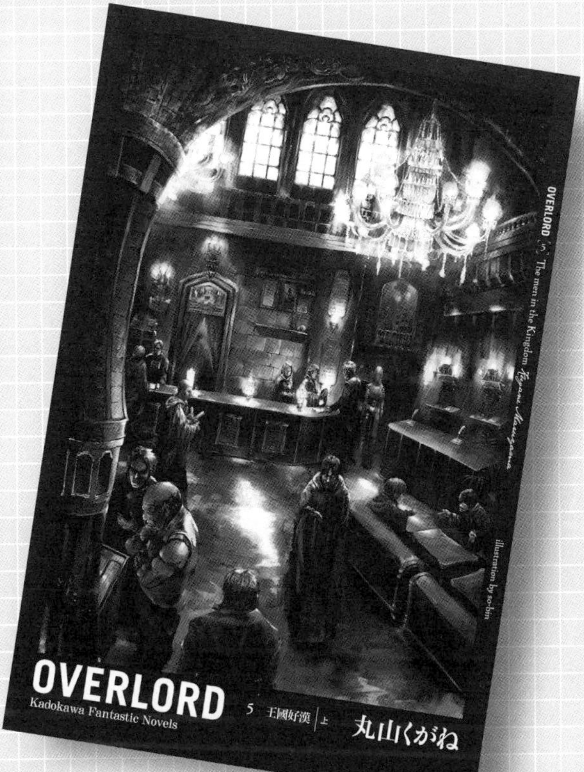

Kadokawa Light Novels

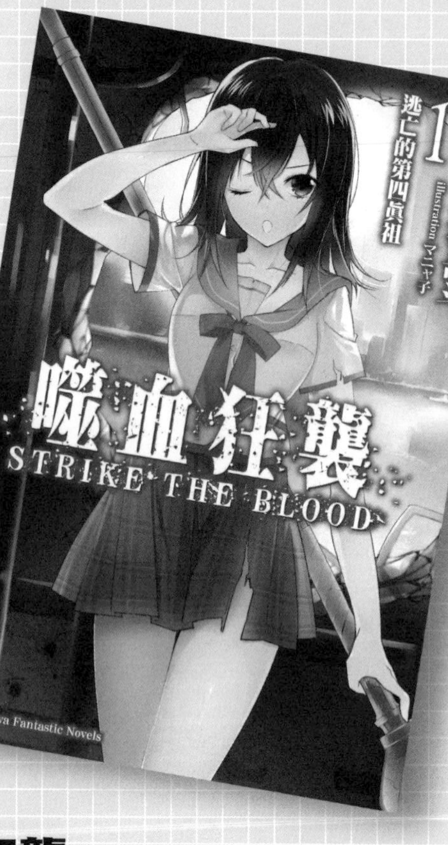

噬血狂襲 1~11 待續

作者：三雲岳斗　插畫：マニャ子

返鄉的凪沙受到魔導災害波及，斷了音信。
古城和雪菜決定前往本土援救凪沙——

返鄉前往本土的凪沙斷了音信。古城更透過一些瑣碎的巧合，得知凪沙受到魔導災害波及。同時，雪菜和獅子王機關的通訊也遭到截斷。為了援救凪沙，古城和雪菜決定離開絃神島前往本土。結果在他們面前以敵人身分擋路的，是一名意想不到的人物——！

各 **NT$180~240/HK$50~75**

©HITOMA IRUMA 2013

Kadokawa Light Novels

蜥蜴王 1~5 待續

作者：入間人間　插畫：ブリキ

為了欺騙「神明」，成為「王者」，
少年選擇踏上了不歸路——

石龍子決定與繼承「始祖血脈」之一族接觸，然而成為新興宗教教祖的他卻也招惹了新的亡命危機？被逼入絕境，幾乎死而復生的蜥蝓，竟也獲得了前所未見的全新力量……

台灣角川

各 NT$180~220/HK$50~60

©SHIDEN KANZAKI 2014

Kadokawa Light Novels

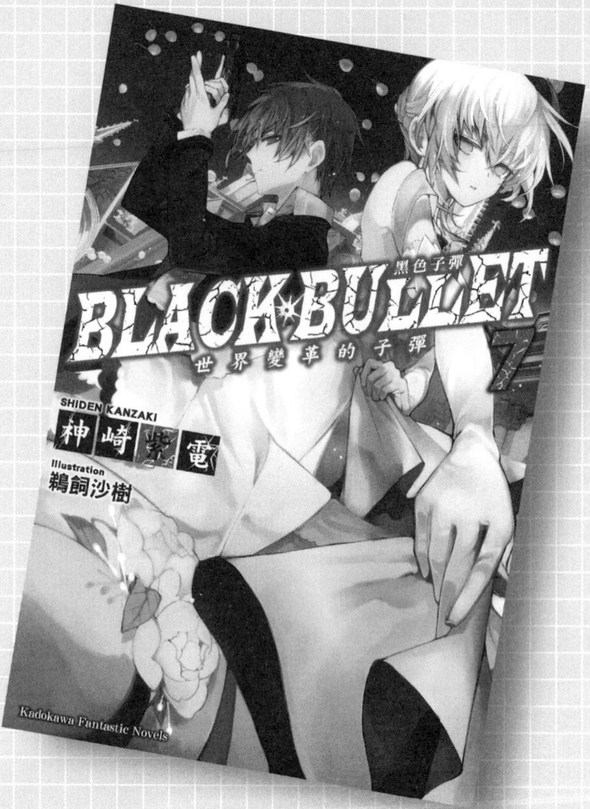

黑色子彈 1~7 待續

Kadokawa Fantastic Novels

作者：神崎紫電　插畫：鵜飼沙樹

當嚴峻的情況到達臨界點時，
只需要一顆子彈就會引發世界的變革——！

日本主要的五個地區首腦會議召開，身為議長國的東京地區國家元首——聖天子，面對難以應付的其他地區領導者時，因機密情報洩漏而陷入了混亂。隨後，她便從聖居消失了蹤影……！地區之間燃起的火花，將成為影響世界變革的導火線!?

各 **NT$180~220/HK$50~68**

台灣角川

Kadokawa Light Novels

重裝武器 1~8 待續

作者：鎌池和馬　插畫：凪良

「可惡！不行，完全贏不了！」
不良士兵笨蛋兩人組，本次面臨前所未見的強敵！

這次的舞台位於遠東洋，也是OBJECT的誕生地，「島國」。因前所未有的強大OBJECT出現，讓笨蛋兩人組庫溫瑟及賀維亞陷入困境！而危機當中來到兩人身邊的，卻盡是些讓人不禁質疑是否真的有勝算的陣容……近未來動作故事再度展開！

台灣角川

各 NT$180~280/HK$50~85

Kadokawa Light Novels

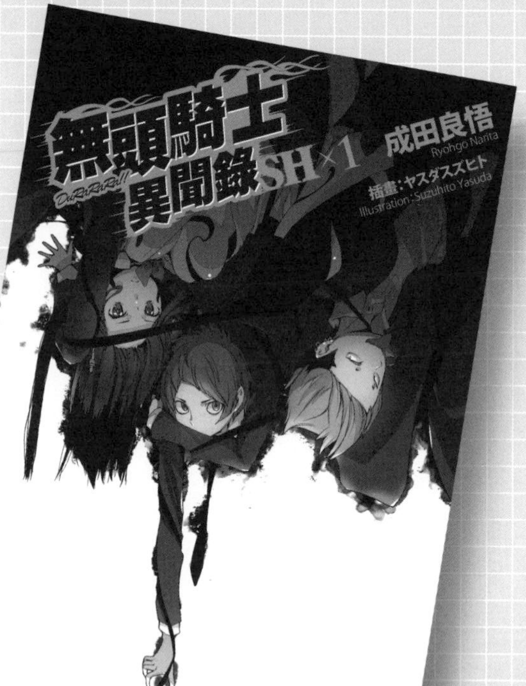

無頭騎士異聞錄 DuRaRaRa!! SH 1 待續

作者：成田良悟　插畫：ヤスダスズヒト

日本電擊小說大賞金賞作者，超人氣系列作續作!!
懷抱各種不同思緒的人們，再次掀起池袋的波濤！

DOLLARS瓦解後過了一年半，一波新浪潮又將襲捲池袋——在家鄉被視為「怪物」的三頭池八尋，想利用沒有頭的騎士大撈一筆的琴南久音，姊姊因採訪而失去聯絡的辰神姬香。懷抱各自想法的三人因就讀來良學園而相識，再度引發非日常的生活！

NT$180/HK$55

台灣角川

Kadokawa Light Novels

©REKI KAWAHARA 2014

絕對的孤獨者 1 待續

作者：川原 礫　插畫：シメジ

「尋求絕對的『孤獨』……
所以我的代號是『孤獨者(Isolator)』！」

人類初次接觸的地球外有機生命體，以複數墜落至地球上的幾座城市內。之後被稱之為「第三隻眼」的那個球體，會賦予跟它們接觸的人現代科學無法解答的「力量」。但那股「力量」卻把空木實捲入他不希望的戰爭之中──

台灣角川

NT$220/HK$68

Kadokawa Light Novels

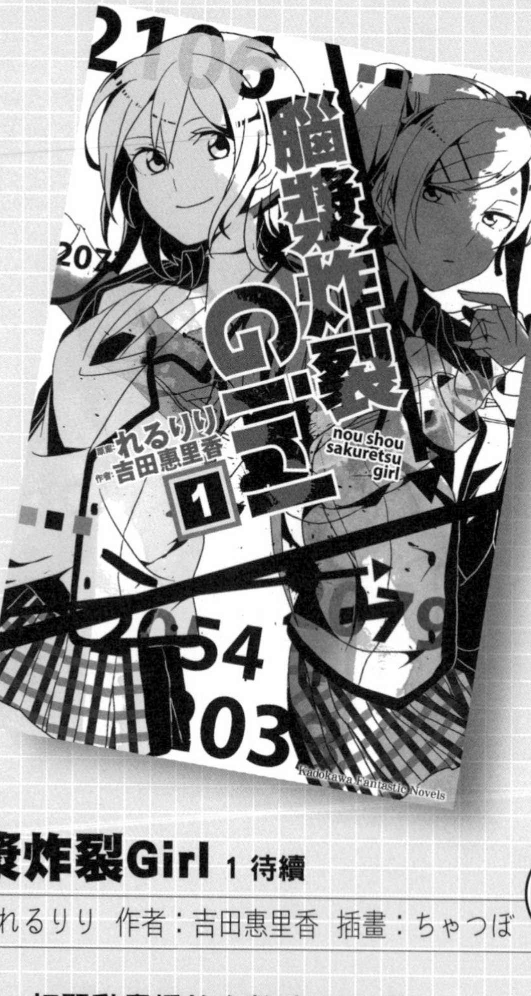

腦漿炸裂Girl 1 待續

原案：れるりり　作者：吉田惠里香　插畫：ちゃつぼ

niconico相關動畫播放次數破2500萬！
VOCALOID傳說的神曲輕小說化!!

歡迎光臨地獄型人類動物園——平凡的高中生市位羽奈，一覺醒來竟發現自己與同學們都被關進了牢籠裡。此時羽奈還被迫用手機參加賭上性命的死亡遊戲！她與雖同樣名叫「Hana」，但性格截然不同，令人憧憬的同學稻澤花，一起挑戰這場賭命遊戲！

NT$180/HK$55

台灣角川

國家圖書館出版品預行編目(CIP)資料

新機動戰記鋼彈W冰結的淚滴. 10, 邂逅的協奏曲 / 隅沢克之作 ; 林莉雅譯. -- 初版. -
臺北市 : 臺灣角川, 2015.07-
冊 ; 公分
譯自 : 新機動戦記ガンダムWフローズン.ティアドロップ. 10, 邂逅の協奏曲
ISBN 978-986-366-589-2(上冊 : 平裝)

861.57 104009667

Kadokawa Fantastic Novels

新機動戰記鋼彈W 冰結的涙滴 10

邂逅的協奏曲（上）

（原著名：新機動戦記ガンダムW フローズン・ティアドロップ 10 邂逅の協奏曲（上））

2023年6月28日　二版第1刷發行

作　　者：隅沢克之
插　　畫：あさぎ桜、KATOKI HAJIME
原　　案：矢立肇・富野由悠季
譯　　者：林莉雅

發 行 人：岩崎剛人
總 編 輯：蔡佩芬
主　　編：林秀儒
美術設計：黃永漢
印　　務：李明修（主任）、張加恩（主任）、張凱棋

發 行 所：台灣角川股份有限公司
地　　址：104台北市中山區松江路223號3樓
電　　話：（02）2515-3000
傳　　真：（02）2515-0033
網　　址：www.kadokawa.com.tw
劃撥帳戶：台灣角川股份有限公司
劃撥帳號：19487412
法律顧問：有澤法律事務所
製　　版：巨茂科技印刷有限公司
ISBN：978-986-366-589-2